U0789382

藏书

珍藏版

三言二拍

贰

李楠 主编

民主与建设出版社

第十五卷　杨八老越国奇逢

君不见平阳公主马前奴，一朝富贵嫁为夫。又不见咸阳东门种瓜者，昔日封侯何在也？荣枯贵贱如转丸，风云变幻诚多端。达人知命总度外，傀儡场中一例看。

这篇古风，是说人穷通有命：或先富后贫，先贱后贵，如云踪无定，瞬息改观，不由人意想测度。且如宋朝吕蒙正秀才，未遇之时，家道艰难；三日不曾饱餐，天津桥上赊得一瓜，在桥柱上磕之，失手落于桥下；那瓜顺水流去，不得到口。后来状元及第，做到宰相地位，起造落瓜亭，以识穷时失意之事。你说做状元、宰相的人，命运未至，一瓜也无福消受。假如落瓜之时，向人说道："此人后来荣贵。"被人做一万个鬼脸，啐干了一千担吐沫，也不为过。那个信他？所以说：前程如黑漆，暗中摸不出。又如宋朝军卒杨仁杲，为丞相丁晋公治第。夏天负土运石，汗流不止。怨叹道："同是一般父母所生，那住房子的，何等安乐！我们替他做工的，何等吃苦！正是：有福之人人伏侍，无福之人伏侍人。"这里杨仁杲口出怨声，却被管工官听得了，一顿皮鞭，打得负痛吞声。不隔数年，丁丞相得罪，贬做崖州司户。那杨仁杲从外戚起家，官至太尉，号为皇亲。朝廷就将丁丞相府第，赐与杨仁杲居住。丁丞相起夫治第，分明是替杨仁杲做个工头。正是：

> 桑田变沧海，沧海变桑田。
>
> 穷通无定准，变换总由天。

闲话休题。则今说一节故事，叫做"杨八老越国奇逢"。那故事，远不出汉、唐，近不出二宋；乃出自胡元之世，陕西西安府地方。这西安府，乃《禹贡》雍州之域。周曰王畿，秦曰关中，汉曰渭南，唐曰关内，宋曰永兴，元曰安西。

话说元朝至大年间，一人姓杨，名复，八月中秋节生日，小名八老，乃西安府盩厔县人氏。妻李氏。生子才七岁，头角秀异，天资聪敏，取名世道。夫妻两口儿

爱惜，自不必说。一日，杨八老对李氏商议道："我年近三旬，读书不就，家事日渐消乏。祖上原在闽、广为商，我欲凑些资本，买办货物，往漳州商贩，图几分利息，以为赡家之资。不知娘子意下如何？"李氏道："妾闻治家以勤俭为本，守株待兔，岂是良图？乘此壮年，正堪跋踄；速整行李，不必迟疑也。"八老道："虽然如此，只是子幼妻娇，放心不下。"李氏道："孩儿幸喜长成，妾自能教训，但愿你早去早回。"当日商量已定。择个吉日出行，与妻子分别，带个小厮，叫做随童；出门搭了船只，往东南一路进发。昔人有古风一篇，单道为商的苦处：

> 人生最苦为行商，抛妻弃子离家乡。
>
> 飧风宿水多劳役，披星戴月时奔忙。
>
> 水路风波殊未稳，陆程鸡犬惊安寝。
>
> 平生豪气顿消磨，歌不发声酒不饮。
>
> 少资利薄多资累，匹夫怀璧将为罪。
>
> 偶然小恙卧床帏，乡关万里书谁寄？
>
> 一年三载不回程，梦魂颠倒妻孥惊。
>
> 灯花忽报行人至，阖门相庆如更生。
>
> 男儿远游虽得意，不如骨肉长相聚。

请看江上信天翁，拙守何曾阙生计？

话说杨八老行至漳浦，下在檗妈妈家，专待收买番禺货物。原来檗妈妈无子，只有一女，年二十三岁。曾赘个女婿，相帮过活，那女婿也死了。已经周年之外，女儿守寡在家。檗妈妈看见杨八老本钱丰厚，且是志诚老实，待人一团和气，十分欢喜。意欲将寡女招赘，以靠终身。八老初时不肯，被檗妈妈再三劝道："杨官人，你千乡万里，出外为客，若没有切己的亲戚，那个知疼着热？如今我女儿年纪又小，正好相配。官人做个'两头大'：你归家去，有娘子在家；在漳州来时，有我女儿。两边来往，都不寂寞；做生意，也是方便顺溜的。老身又不费你大钱大钞，只是单生一女，要他嫁个好人，日后生男育女，连老身门户都有依靠。就是你家中娘子知道时，料也不嗔怪。多少做客的，娼楼妓馆，使钱撒漫。这还是本分之事。官人须从长计较，休得推阻。"八老见他说得近理，只得允了。择日成亲，入赘于檗家。夫妻和顺，自此无话。不上二月，檗氏怀孕。期年之后，生下一个孩儿，合家欢喜。三朝满月，亲戚庆贺，不在话下。

却说杨八老思想故乡妻娇子幼。初意成亲后，一年

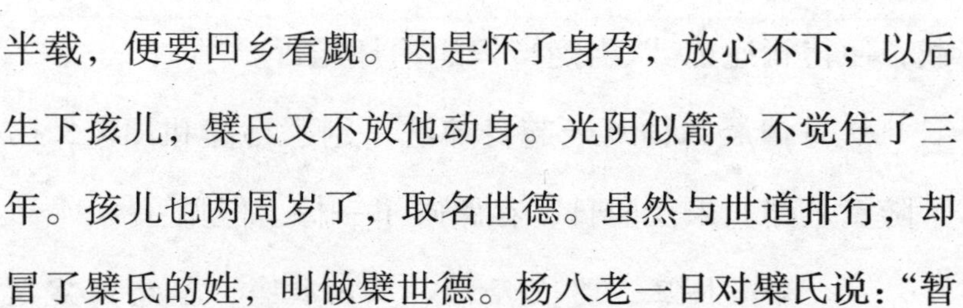

半载，便要回乡看觑。因是怀了身孕，放心不下；以后生下孩儿，檗氏又不放他动身。光阴似箭，不觉住了三年。孩儿也两周岁了，取名世德。虽然与世道排行，却冒了檗氏的姓，叫做檗世德。杨八老一日对檗氏说："暂回关中，看看妻子便来。"檗氏苦留不住，只得听从。

八老收拾货物，打点起身。也有放下人头帐目，与随童分头并日催讨。八老为讨欠帐，行至州前，只见挂下榜文，上写道："近奉上司明文：倭寇生发，沿海抢劫。各州、县地方，须用心巡警，以防冲犯。一应出入，俱要盘诘。城门晚开早闭"等语。八老读罢，吃了一惊！想道："我方欲动身，不想有此寇警。倘或倭寇早晚来时，闭了城门，知道何日平静？不如趁早走路为上。"也不去讨帐，径回身转来。只说拖欠帐目，急切难取，待再来催讨未迟。闻得路上贼寇生发，货物且不带去；只收拾些细软行装，来日便要起程。檗氏不忍割舍，抱着三岁的孩儿，对丈夫说道："我母亲只为终身无靠，将奴家嫁你。幸喜有这点骨血。你不看奴家面上，须牵挂着小孩子。千万早去早回，勿使我母子悬望。"言讫，不觉双眼流泪。杨八老也命好道："娘子不须挂怀，三载夫妻，恩情不浅，此去也是万不得已。一年半载，便得相逢也。"当晚檗妈妈治杯送行。

次日清晨，杨八老起身梳洗，别了岳母和浑家，带了随童上路。未及两日，在路吃了一惊。但见：

> 舟车挤压，男女奔忙。人人胆丧，尽愁海寇恁猖狂；个个心惊，只恨官兵无备御。扶幼携老，难禁两脚奔波；弃子抛妻，单为一身逃命。不辨贫穷富贵，急难中总则一般；那管城市山林，藏身处只求片地。正是：宁为太平犬，莫作乱离人。

杨八老看见乡村百姓，纷纷攘攘，都来城中逃难。传说倭寇一路放火杀人，官军不能禁御。声息至近，唬得八老魂不附体，进退两难。思量无计，只得随众奔走，"且到汀州城里，再作区处。"

又走了两个时辰，约离城三里之地，忽听得喊声震地。后面百姓们都号哭起来，却是倭寇杀来了。众人先唬得脚软，奔路不动。杨八老望见旁边一座林子，向刺斜里便走，也有许多人随他去林丛中躲避。谁知倭寇有智，惯是四散埋伏。林子内先是一个倭子跳将出来，众人欺他单身，正待一齐奋勇敌他。只见那倭子把海巨罗吹了一声，吹得呜呜的响。四围许多倭贼，一个个舞着长刀，跳跃而来，正不知那里来的。有几个粗莽汉子，平昔间有些手脚的，拚着性命，将手中器械，上前迎敌。犹如火中投雪，风里扬尘，被倭贼一刀一个，分明砍瓜切菜一般。唬得众人一齐下跪，口中只叫饶命。

原来倭寇逢着中国之人，也不尽数杀戮。掳得妇女，恣意奸淫；弄得不耐烦了，活活的放他去。也有有情的倭子，一般私有所赠。只是这妇女虽得了性命，一世被人笑话了。其男子但是老弱，便加杀害；若是强壮的，就把来剃了头发，抹上油漆，假充倭子。每遇厮杀，便推他去当头阵。官军只要杀得一颗首级，便好领赏。平昔百姓中秃发癞痢，尚然被他割头请功；况且见在战阵上拿住，那管真假，定然不饶的。这些剃头的假倭子，自知左右是死，索性靠着倭势，还有捱过几日之理，所以一般行凶出力。那些真倭子，只等假倭挡过头阵，自己都尾其后而出。所以官军屡堕其计，不能取胜。昔人有诗，单道着倭寇行兵之法，诗云：

> 倭阵不喧哗，纷纷正带斜。
>
> 螺声飞蛱蝶，鱼贯走长蛇。
>
> 扇散全无影，刀来一片花。
>
> 更兼真伪混，驾祸扰中华。

杨八老和一群百姓们，都被倭奴擒了。好似瓮中之鳖，釜中之鱼，没处躲闪，只得随顺以图苟活。随童已不见了，正不知他生死如何。到此地位，自身管不得，何暇顾他人？

莫说八老心中愁闷。且说众倭奴在乡村劫掠得许多金宝，心满意足。闻得元朝大军将到，抢了许多船只，驱了所掳人口下船，一齐开洋，欢欢喜喜，径回日本国去了。原来倭奴入寇，国王多有不知者。乃是各岛穷民，合伙泛海，如中国贼盗之类，彼处只如做买卖一般。其出掠亦各分部统，自称大王之号。到回去，仍复隐讳了。劫掠得金帛，均分受用；亦有将十分中一二分，献与本岛头目，互相容隐。如被中国人杀了，只作做买卖折本一般。所掳得壮健男子，留作奴仆使唤。剃了头，赤了两脚，与本国一般模样；给与刀仗，教他跳战之法。中国人惧怕，不敢不从。过了一年半载，水土习服，学起倭话来，竟与真倭无异了。

光阴似箭，这杨八老在日本国，不觉住了一十九年。每夜私自对天拜祷："愿神明护佑我杨复，再转家乡，重会妻子。"如此寒暑无间。有诗为证：

异国飘零十九年，乡关魂梦已茫然。

苏卿困虏旄俱脱，洪皓留金雪满颠。

彼为中朝甘守节，我成俘虏获何愆？

首丘无计伤心切，夜夜虔诚祷上天。

话说元泰定年间，日本国年岁荒歉。众倭纠伙，又来入寇，也带杨八老同行。八老心中一则以喜，一则以忧。所喜者，乘此机会，到得中国，陕西、福建二处，俱有亲属。皇天护祐，万一有骨肉重逢之日，再得团圆，也未可知。所忧者，此身全是倭奴形像，便是自家照着镜子，也吃一惊，他人如何认得？况且刀枪无情，此去多凶少吉，枉送了性命。只是一说，宁作故乡之鬼，不愿为夷国之人。天天可怜，这番飘洋，只愿在陕、闽两处便好，若在他方，也是枉然。

原来倭寇飘洋，也有个天数，听凭风势：若是北风，便犯广东一路；若是东风，便犯福建一路；若是东北风，便犯温州一路；若是东南风，便犯淮扬一路。此时二月天气，众倭登船离岸，正值东北风大盛。一连数日，吹个不住，径飘向温州一路而来。那时元朝承平日久，沿海备御俱疏。就有几只船，几百老弱军士，都不堪拒战，望风逃走。众倭公然登岸，少不得放火杀人。杨八老虽然心中不愿，也不免随行逐队。这一番，自二月至八月，官军连败了数阵，抢了几个市镇。转掠宁绍，又到余杭，其凶暴不可尽述。各府、州、县写了告急表章，申奏朝廷。旨下兵部，差平江路普花元帅领兵征剿。这普花元帅足智多谋，又手下多有精兵良将。奉命克日兴师，大刀阔斧，杀奔浙江路上来。前哨打探：倭寇占住清水闸为穴。普花元帅约会浙中兵马，水陆并进。那倭寇平素轻视官军，不以为意。谁知普花元帅手下，有十个统军，都有万夫不当之勇。军中多带火器，四面埋伏，一等倭贼战酣之际，埋伏都起，火器一齐发作，杀得他走头没路，大败亏输。斩首千余级，活捉二百余人。其抢船逃命者，又被水路官兵截杀，也多有落水死者。普花元帅得胜，赏了三军，犹恐余倭未尽，遣兵四下搜获。真个是：

> 饶伊凶暴如狼虎，恶贯盈时定受殃。

话分两头。却说清水闸上，有顺济庙，其神姓冯，名俊，钱塘人氏。年十六岁时，梦见玉帝遣天神传命，割开其腹，换去五脏六腑，醒来犹觉腹痛。从幼失学，未曾知书，自此忽然开悟，无书不晓，下笔成文；又能预知将来祸福之事。忽一日，卧于家中，叫唤不起，良久方醒。自言适在东海龙王处赴宴，被他劝酒过醉。家人不信，及呕吐出来都是海错异味，目所未睹，方知真实。到三十六岁，忽对人说："玉帝命我为江涛之神，三日后，必当赴任。"至期，无疾而终。是日，江中波涛大作，行舟将覆。忽见朱幡皂盖，白马红缨，簇拥一神，现形云端间，口中叱咤之声。俄顷，波恬浪息。问之土人，其形貌乃冯俊也。于是就其所居，立庙祠之，赐名顺济庙。绍定年间，累封英烈王之号。其神大有灵应。倭寇占住清水闸时，杨八老私向庙中祈祷，问答得个大吉之兆，心中暗喜。与先年一般向被掳去的，共十三人约会：大兵到时，出首投降。又怕官军不分真假，拿去请功，狐疑不决。

到这八月二十八日，倭寇大败。杨八老与十二个人，俱潜躲在顺济庙中，不敢出头。正在两难，急听得庙外喊声大举，乃是老王千户，名唤王国雄，引着官军入来搜庙。一十三人尽被活捉，捆缚做一团儿，吊在廊下。众人口称冤枉，都说不是真倭，那里睬他。此时天色已晚，老王千户权就庙中歇宿，打点明早解官请功。事有凑巧，老王千户带个贴身伏侍的家人，叫做王兴。夜间起来出恭，闻得廊下哀号之声，其中有一个像关中声音，好生奇异！悄地点个灯去，打一看，看到杨八老面貌，有些疑惑。问道："你们既说不是真倭，是那里人氏？如何入了倭贼伙内，又是一般形貌？”杨八老诉道：“众人都是闽中百姓，只我是安西府鳌屋县人。十九年前在漳浦做客，被倭寇掳去，髡头跣足，受了万般辛苦。众人是同时被难的，今番来到此地，便想要自行出首。其奈形状怪异，不遇个相识之人，恐不相信，因此狐疑不决。幸天兵得胜，倭贼败亡，我等指望重见天日。不期老将军不行细审，一概捆吊；明日解到军门，性命不保。”说罢，众人都哭起来。王兴忙摇手道：“不可高声啼哭，恐惊醒了老将军，反为不美。则你这安西府汉子，姓甚名谁？”杨八老道：“我姓杨，名复，小名八老。长官也带些关中语音，莫非同郡人么？”王兴听说，吃了一惊：“原来你就是我旧主人！可记得随童么？小人就是。”杨八老道：“怎不记得！只是须眉非旧，端的对面不相认了。自当初在闽中分散，如何却在此处？”王兴道：“且莫细谈。明早老将军起身发解时，我站在旁边，你只看着我，唤我名字起来，小人自来与你分解。”说罢，提了灯自去了。众人都向八老问其缘故，八老略说一二，莫不欢喜。正是：

死中得活困灾退，绝处逢生遇救来。

原来随童跟着杨八老之时，才一十九岁，如今又加十九年，是三十八岁人了，急切如何认得？当先与主人分散，躲在茅厕中，侥幸不曾被倭贼所掠。那时老王千户还是百户之职，在彼领兵，偶然遇见。见他伶俐，问其来历，收在身边伏侍，就便许他访问主人消息，谁知杳无音信。后来老王百户有功，升了千户，改调浙中地方做官。随童改名王兴，做了身边一个得力的家人。也是杨八老命不当尽，禄不当终，否极泰来，天教他主仆相逢。

闲话休题。却说老王千户次早点齐人众，解下一十三名倭犯，要解往军门请功。正待起身，忽见倭犯中一人，看定王兴，高声叫道："随童，我是你旧主人，可来救我！"王兴假意认了一认，两个抱头而哭。因事体年远，老王千户也忘其所以了。忙唤王兴，问其缘故。王兴一一诉说："此乃小人十九年前失散之主人也。彼时寻觅不见，不意被倭贼掳去。小人看他面貌有些相似，正在疑惑，谁想他到认得小人，唤起小人的旧名。望恩主辨其冤情，释放我旧主人，小人便死在阶前，瞑目无怨。"说罢，放声大哭。众倭犯都一齐声冤起来，各道家乡姓氏，情节相似。老王千户道："既有此冤情，我也不敢自专，解在帅府，教他自行分辨。"王兴道：

"求恩主将小人一齐解去，好做对证。"老王千户起初不允，被王兴哀求不过，只得允了。

当日，将一十三名倭犯，连工兴解到帅府。普花元帅道："既是倭犯，便行斩首。"那一十三名倭犯，一个个高声叫冤起来，内中王兴也叫冤枉。王国雄便跪下去，将王兴所言事情，禀了一遍。普花元帅准信，就教王国雄押着一干倭犯，并王兴发到绍兴郡丞杨世道处，审明回报。

故元时节，郡丞即如今通判之职，却只下太守一肩，与太守同理府事，最有权柄。那日，郡丞杨公升厅理事，甚是齐整。怎见得？有诗为证：

　　　　吏书站立如泥塑，军卒分开似木雕。

　　　　随你凶人奸似鬼，公庭刑法不相饶。

老王千户奉帅府之命，亲押一十三名倭犯，到杨郡丞厅前。相见已毕，备言来历。杨公送出厅门，复归公座。先是王兴开口诉冤，那一班倭犯哀声动地。杨公问了王兴口词，先唤杨八老来审。杨八老将姓名、家乡备细说了。杨郡丞问道："既是鳌屋县人，你妻族何姓？有子无子？"杨八老道："妻族东村李氏，止生一子，取名世道。小人到漳浦为商之时，孩儿年方七岁。在漳浦住了三年，就陷身倭国，经今又十九年。自从离家之后，音耗不通，妻子不知死亡。若是孩儿扶养得长大，算来该二十九岁了。老爷不信时，移文到盩厔县中，将三党亲族姓名，一一对验，小人之冤可白矣。"再问王兴，所言皆同。众人又齐声叫冤。杨公一一细审，都是闽中百姓，同时被掳的。杨公沉吟半晌，喝道："权且收监，待行文本处，查明来历，方好释放。"

当下散堂，回衙见了母亲杨老夫人，口称怪事不绝。老夫人问道："孩儿，今日问何公事？口称怪异，何也？"杨公道："有王千户解到倭犯一十三名，说起来，都是我中国百姓，被倭奴掳去的，是个假倭，不是真倭。内中一人，姓杨，名复，乃关中盩厔县人氏。他说二十一年前，别妻李氏，往漳浦经商。三年之后，遭倭寇作乱，掳他到倭国去了。与妻临别之时，有儿年方七岁，到今算该二十九岁了。母亲常说孩儿七岁时，父亲往漳州为商，一去不回。他家乡、姓名正与父亲相同，其妻、女姓名，又分毫不异，孩儿今年正二十九岁，世上不信有此相合之事。况且王千户有个家人王兴，一口认定是他旧主。那王兴说旧名'随童'，在漳浦乱军分散，又与我爷旧仆同名。所以称怪。"老夫人也不觉称道："怪事，怪事！世上相同的事也颇有，不信件件皆合，事有可疑！你明日再行吊审，我在屏后窃听，是非顷刻可决。"

杨世道领命，次日，重唤取一十三名倭犯，再行细鞫，其言与昨无二。老夫人在屏后大叫道："杨世道我儿！不须再问，则这个螯厔县人，正是你父亲！那王兴端的是随童了。"惊得郡丞杨世道手脚不迭，一跌跌下公座来，抱了杨八老，放声大哭。请归后堂，王兴也随进来。当下母子夫妻三口，抱头而哭，分明是梦里相逢一般，则这随童也哭做一堆。哭了一个不耐烦，方才拜见父亲。随童也来磕头，认旧时主人、主母。杨八老对儿子道："我在倭国，夜夜对天祷告，只愿再转家乡，重会妻子。今日皇天可怜，果遂所愿。且喜孩儿荣贵，万千之喜。只是那一十二人，都是闽中百姓，与我同时被掳的，实出无奈。吾儿速与昭雪，不可偏祜，使他怨望。"杨世道领了父亲言语，便把一十二人尽行开放；又各赠回乡路费三两，众人谢恩不尽。一面分付书吏写下文书，申覆帅府；一面安排做庆贺筵席。衙内整备香汤，伏侍八老沐浴过了；通身换了新衣，顶冠束带。杨世道娶得夫人张氏，出来拜见公公。一门骨肉团圆，欢喜无限。

这一事，闹遍了绍兴府前。本府檗太守，听说杨郡丞认了父亲，备下羊酒，特往称贺，定要请杨太公相见。杨复只得出来，见了檗公，叙礼已毕，分宾而坐。檗太守欣羡不已。杨郡丞置酒留款。饮酒中间，檗太守问杨太公："何由久客闽中，以致此祸？"杨八老答道："初意一年半载，便欲还乡。何期下在檗家，他家适有寡女，年二十三岁，正欲招夫，帮家过活。老夫入赘彼家，以此淹留三载。"檗公问道："在彼三年，曾有生育否？"八老答道："因是檗家怀孕，生下一儿，两不相舍；不然，也回去久矣。"檗公又问道："所生令郎可曾取名？"八老不知太守姓名，便随口应道："因是本县小儿取名世道，那檗氏所生，就取名檗世德，要见两姓兄弟之意。算来檗氏所生之子，今年也该二十二岁了，不知他母子存亡下落。"说罢，下泪如雨，檗太守也不尽欢。又饮了数杯，作别回去，与母亲檗老夫人说知如此如此："他说在漳浦所娶檗家，与母亲同姓，年庚不差。莫非此人就是我父亲？"檗老夫人道："你明日备个筵席，请他赴宴。待我屏后窥之，便见端的。"

次日，杨八老具个通家名帖，来答拜檗公，檗公也置酒留款。檗老夫人在屏后偷看。那时八老衣冠济楚，又不似先前倭贼样子，一发容易认了。檗老夫人听不多几句言语，便大叫道："我儿檗世德，快请你父亲进衙相见！"杨八老出自意外，倒吃了一惊。檗太守慌忙跪下道："孩儿不识亲颜，乞恕不孝之罪。"请到私衙，与檗老夫人相见。抱头而哭，与杨郡丞衙中无异。

正叙话间，杨郡丞遣随童到太守衙中，迎接父亲，听说太守也认了父亲，随童大惊，撞入私衙，见了檗老夫人，磕头相见。檗老夫人问起，方知就是随童。此时随童才叙出失散之后，遇到王百户始末根由，阖门欢喜无限。檗太守娶妻蒋氏，也来拜见公公。檗公命重整筵席，请杨郡丞到来，备细说明。一守一丞，到此方认做的亲兄弟。当日连杨衙小夫人张氏都请过来，做个"合家欢"筵席。这一场欢喜非小，分明是：

> 苦尽生甘，否极遇泰。丰城之剑再合，合浦之珠复回。高年学究，忽然及第连科；乞食贫儿，蓦地发财掘藏。寡妇得失花发蕊，孤儿遇父草行根。喜胜他乡遇故知，欢如久旱逢甘雨。两叶浮萍归大海，人生何处不相逢。

杨八老在日本国，受了一十九年辛苦。谁知前妻李氏所生孩儿杨世道，后妻檗氏所生孩儿檗世德，长大成人，中同年进士，又同选在绍兴一郡为官。今日天遣相逢，在枷锁中脱出性命，就认了两位夫人，两个贵子，真是古今罕有！第三日，阖郡官员尽知奇事，都来贺喜。老王千户也来称贺，已知王兴是杨家旧仆，不相争执。王兴已娶有老婆，在老王千户家；老王千户奉承檗太守、杨郡丞，疾忙差人送王兴妻子到于府中完聚。檗太守和杨郡丞一齐备个文书，到普花元帅处，述其认父始末。普花元帅奏表朝廷，一门封赠。檗世德复姓归宗，仍叫杨世德。八老在任上安享荣华，寿登耄耋而终。此乃是死生有命，富贵在天。荣枯得失，尽是八字安排，不可强求。有诗为证：

才离地狱忽登天，二子双妻富贵全。

命里有时终自有，人生何必苦埋怨。

第十六卷　杨谦之客舫遇侠僧

宝剑长琴四海游，浩歌自是恣风流。

丈夫莫道无知己，明月豪僧遇客舟。

杨益，字谦之，浙江永嘉人也。自幼倜傥有大节，不拘细行，博学雄文，授贵州安庄县令。安庄县，地接岭表，南通巴蜀，蛮獠错杂；人好蛊毒战斗，不知礼义文字，事鬼信神，俗尚妖法；产多金银、珠翠、珍宝。原来宋朝制度：外官辞朝，皇帝临轩亲问，臣工各献诗章，以此卜为政能否。建炎二年丁卯三月，杨益承旨辞朝。高宗皇帝问杨益曰："卿为何官？"杨益奏曰："臣授贵州安庄县知县。"帝曰："卿亦询访安庄风景乎？"杨益有诗一首献上。诗云：

蛮烟寥落在东风，万里天涯迢递中。

人语殊方相识少，鸟声睍睆听来同。

桄榔连碧迷征路，象郡南天绝便鸿。

自愧年来无寸补，还将礼乐俟元功。

高宗听奏是诗，首肯久之，恻然心动，曰：“卿处殊方，诚为可悯；暂去摄理，不久取卿回用也。”杨益挥泪拜辞。

出到朝外，遇见镇抚使郭仲威。二人揖毕，仲威曰："闻群荣任安庄，如何是好？"杨益道："蛮烟瘴疫，九死一生！欲待不去，奈日暮途穷。去时必陷死地，烦乞赐教。"仲威答道："要知端的，除是与你去问恩主周镇抚，方知备细。恩主见谪连州，即今也要起身。"二人同来见镇抚周望。杨益叩首再拜曰："杨某近任安庄边县。烦望指示。"周望慌忙答礼，说道："安庄蛮獠出没之处，家户都有妖法，蛊毒魅人。若能降伏得他，财宝尽你得了；若不能处置得他，须要仔细。尊正夫人，亦不可带去，恐土官无礼。"杨益见说了，双泪交流，道言："怎生是好？"周望怜杨益苦切，说道："我见谪遣连州，与公同路，直到广东界上，与你分别。一路盘缠，足下不须计念。"杨益二人拜辞出来，等了半月有余，跟着周望一同起身。郭仲威治酒送别过，自去了。

　　二人来到镇江，雇只大船。周望、杨益用了中间几个大舱口；其余舱口，俱是水手搭人觅钱，搭有三四十人。内有一个游方僧人，上湖广武当去烧香的，也搭在众人舱里。这僧人说是伏牛山来的，且是粗鲁，不肯小心。共舱有十二三个人，都不喜他，他倒要人煮茶饭与他吃。这共舱的人说道："出家人慈悲小心，不贪欲，那里反倒要讨我们的便宜？"这和尚听得说，回话道："你这一起是小人！我要你伏侍，不嫌你，也就勾了。"口里千小人，万小人，骂众人。众人都气起来，也有骂这和尚的，也有打这和尚的。这僧人不慌不忙，随手指着骂他的说道："不要骂！"那骂的人，就出声不得，闭了口。又指着打他的说道："不要打！"那打的人，就动手不得，瘫了手。这几个木呆了，一堆儿坐在舱里，只白着眼看。有一辈不曾打骂和尚的人，看见如此模样，都惊张起来，叫道："不好了，有妖怪在这里！"喊天叫地，各舱人听得，都走来看，也惊动了官舱里周、杨二公。两个走到舱口来看，果见此事，也吃惊起来。正要问和尚，这和尚见周、杨二人是个官府，便起身朝着两个打个问讯，说道："小僧是伏牛山来的僧人，要去武当随喜的。偶然搭在宝舟上，被众人欺负，望二位大人做主。"周镇抚说道："打骂你，虽是他们不是，你如此，也不是出家人慈悲的道理。"和尚见说，回话道："既是二位大人替他讨饶，我并不计较了。"把手去摸这哑的嘴道："你自说！"这哑的人，便说得话起来。又把手去扯这瘫的手道："你自动！"这瘫的人，便抬得手起来。就如耍场戏子一般，满船人都一齐笑起来。周镇抚悄悄的与杨益说道："这和尚必是有法的。我们正要寻这样人，何不留他去你舱里问他？"杨益道："说得是。我舱里没家眷，可以住得。"就与和尚说道："你既与众人打伙不便，就到我舱里权住罢。随茶粥饭，不要计较。"和尚说道："取扰不该。"和尚就到杨益舱里住下。

一住过了三四日，早晚说些经典，或世务话，和尚都晓得。杨益时常说些路上切要话，打动和尚。又与他说道："要去安庄县做知县。"和尚说道："去安庄做官，要打点停当，方才可去。"杨益把贫难之事，备说与和尚。和尚说道："小僧姓李，原籍是四川雅州人，有几房移在威清县住。我家也有弟兄姊妹。我回去，替你寻个有法术手段得的人，相伴你去，才无事；若寻不得，不可轻易去。我且不上武当去了，陪你去广里去。"杨益再三致谢，把心腹事，备细与和尚说知。这和尚见杨益开心见诚，为人平易本分，和尚愈加敬重杨公。又知道杨公甚贫，去自己搭连内，取十来两好赤金子，五六十两碎银子，送与杨公做盘缠。杨公再三推辞不肯受，和尚定要送，杨公方才受了。

不觉在船中半个月余，来到广东琼州地方。周镇抚与杨公说："我往东去是连州。本该在这里相陪足下，如今有这个好善心的长老在这里，可托付他，不须得我了。我只就此作别。后日天幸再会。"又再三嘱付长老说道："凡事全仗。"长老说："不须分付，小僧自理会得。"周镇抚又安排些酒食，与杨公、和尚作别。饮了半日酒，周望另讨个小船自去了。

且说杨公与长老在船中，又行了几日，来到偏桥县地方。长老来对杨公说道："这是我家的地方了，把船泊在马头去处。我先上去寻人，端的就来下船，只在此等。"和尚自驮上搭连、禅杖，别了自去。一连去了七八日，并无信息，等得杨公肚里好焦。虽然如此，却也谅得过这和尚是个有信行的好汉，决无诳言之事，每日只悬悬而望。到第九日上，只见这长老领着七八个人，挑着两担箱笼，若干吃食东西；又抬着一乘有人的轿子，来到船边。掀起轿帘儿，看着船舱口，扶出一个美貌佳人，年近二十四五岁的模样。看这妇人生得如何？诗云：

> 独占阳台万点春，石榴裙染碧湘云。
>
> 眼前秋水浑无底，绝胜襄王紫玉君。

又诗云：

> 海棠枝上月三更，醉里杨妃自出群。
>
> 马上琵琶催去急，阿蛮空恨艳阳春。

说这长老与这妇人，与杨公相见已毕，又叫过有媳妇的一房老小，一个义女，两个小厮，都来叩头。长老指着这妇人说道："他是我的嫡堂侄女儿，因寡居在家里，我特地把他来伏事大人。他自幼学得些法术，大人前路，凡百事都依着他，自然无事。"就把箱笼东西，叫人着落停当。天色已晚，长老一行人，权在船上歇了。这媳妇、丫鬟去火舱里安排些茶饭，与各人吃了。李氏又自赏了五钱银子与船家。杨公见不费一文东西，白得了一个佳人并若干箱笼人口，拜谢长老，说道："荷蒙大恩，犬马难报。"长老道："都是缘法，谅非人为。"饮酒罢，长老与众人自去别舱里歇了。杨公自与李氏到官舱里同寝。一夜绸缪，言不能尽。

次日，长老起来，与众人吃了早饭，就与杨公、李氏作别。又分付李氏道："我前日已分付了，你务要小心在意，不可托大。荣迁之日再会。"长老直看得开船去了方才转身。

且说这李氏，非但生得妖娆美貌，又兼禀性温柔，百能百俐，也是天生的聪明。与杨公彼此相爱，就如结发一般。又行过十数日，来到牂牁江了。说这个牂牁江，东通巴蜀川江，西通滇池夜郎。诸江会合，水最湍急利害。无风亦浪，舟楫难济。船到江口，水手待要吃饭饱了，才好开船过江。开了船时，风水大，住手不得；况兼江中都是尖锋石插，要随着河道放去，若遇着时，这船就罢了。船上人打点端正，才要发号开船，只见李氏慌对杨公说："不可开船。还要躲风三日，才好放过去。"杨公说道："如今没风，怎的倒不要开船？"李氏说道："这大风只在顷刻间来了。依我说，把船快放入浦里去，躲这大风。"杨公正要试李氏的本事，就叫水手问道："这里有个浦子么？"水手禀道："前面有个石圯浦，浦西北角上有个罗市，人家也多，诸般皆有，正好歇船。"杨公说："恁的把船快放入去。"水手一齐把船撑动。刚刚才要撑入浦子口，只见那风从西北角上吹将来。初时扬尘，次后拔木，一江绿水，都乌黑了。那浪掀天括地，鬼哭神号，惊怕杀人。这阵大风不知坏了多少船只，直颠狂到日落时方息。李氏叫过丫鬟、媳妇，做茶饭吃了，收拾宿了。

次日，仍又发起风来。到午后，风定了。有几只小船儿，载着市上土物来卖。杨公见李氏非但晓得法术，又晓得天文，心中欢喜。就叫船上人买些新鲜果品土物，奉承李氏。又有一只船上叫卖蒟酱，这蒟酱滋味如何？有诗为证：

白玉盘中簇绛茵，光明金鼎露丰神。

椹精八月枝头熟，酿就人间琥珀新。

杨公说道："我只闻得说，蒟酱是滇蜀美味，也不曾得吃。何不买些与奶奶吃？"叫水手去问那卖蒟酱的："这一罐子要卖多少钱？"卖蒟酱的说："要五百贯足钱。"杨公说："恁的，叫小厮进舱里，问奶奶讨钱数与他。"小厮进到舱里，问奶奶取钱买酱。李氏说："这酱不要买他的，买了有口舌。"小厮出来回覆杨公。杨公说："买一罐酱值得甚的，便有口舌？奶奶只是见贵了，不舍得钱，故如此说。"自把些银子与这蛮人，买了这罐酱，拿进舱里去。揭开罐子看时，这酱端的香气就喷出来，颜色就如红玛瑙一般可爱；吃些在口里，且是甜美得好。李氏慌忙讨这罐子酱盖了，说道："老爹不可吃他的，口舌就来了。这蒟酱我这里没有的，出在南越国。其木似谷树，其叶如桑椹，长二三寸，又不肯多生。九月后，霜里方熟。土人采之，酿酝成酱；先进王家，诚为珍味！这个是盗出来卖的，事已露了。"

原来这蒟酱，是都堂着县官差富户去南越国，用重价购求来的，都堂也不敢自用，要进朝廷的奇味。富户吃了千辛万苦，费了若干财物，破了家，才设法得一罐子。正要换个银罐子盛了，送县官转送都堂，被这蛮子盗出来。富户因失了酱，举家慌张，四散缉获，就如死了人的一般。有人知风，报与富户。富户押着正牌，驾起一只快船，二三十人，各执刀枪，鸣锣击鼓，杀奔杨知县船上来，要取这酱。那兵船离不远，只有半箭之地。

杨知县听得这风色慌了，躲在舱里，说道："奶奶，如何是好？"李氏说道："我教老爹不要买他的，如今惹出这场大事来。蛮子去处，动不动便杀起来，那顾礼法！"李氏又道："老爹不要慌。"连忙叫小厮拿一盆水进舱来，念个咒，望着水里一画，只见那只兵船，就如钉钉在水里的一般，随他撑也撑不动。上前也上前不得，落后也落后不得，只钉住在水中间。兵船上人都慌起来，说道："官船上必然有妖法，快去请人来斗法。"这里李氏已叫水手过去，打着乡谈说道："列位不要发恼！官船偶然在贵地躲风，歇船在此。因有人拿蒟酱来卖，不知就里，一时间买了这酱，并不曾动。送还原物便罢，这价钱也不要了。"兵船上人见说得好，又知道酱不曾吃他的，说道："只要还了原物，这原银也送还。"水手回来复杨知县，拿这罐酱送过去。兵船上还了原银，两边都不动刀兵。李氏把手在水盆里连画几画，那兵船便轻轻撑了去，把这偷酱的贼送去县里问罪。杨知县说道："亏杀奶奶，救得这场祸。"李氏说道："今后只依着我，管你没事。"次日，风也不发了。正是：

> 金波不动鱼龙寂，玉树无声鸟雀栖。

众人吃了早饭，便把船放过江。

一路上，要行便行，要止便止，渐渐近安庄地方。本县吏书、门皂人役接着，都来参拜。原来安庄县只有一知一典，有个徐典史，也来迎接。相见了，先回县里去。到得本次，人夫接着，把行李扛抬起来，把乘四人轿抬了奶奶；又有二乘小轿，几匹马，与从人使女，各乘骑了，先送到县里去。杨知县随后起身，路上打着些蛮中鼓乐。远近人听得新知县到任，都来看。杨知县到得县里，径进后堂衙里，安稳了奶奶家小，才出到后堂与典史拜见。礼毕，就吃公堂酒席。

饮酒之间，杨知县与徐典史说："我初到这里，不知土俗民情，烦乞指教。"徐典史回话道："不才还要长官扶持，怎敢当此？"因说道："这里地方与马龙连接，马龙有个薛宣尉司，他是唐朝薛仁贵之后，其富敌国。獠蛮犵狫，只服薛尉司约束。本县虽与宣尉司表里，衙门常规：长官行香后，先去看望他，他才答礼，彼此酒礼往来。烦望长官在意。"杨知县说道："我都知得。"又问道："这里与马龙多远？"徐典史回话道："离本县四十余里。"又说些县里事务。饮酒已毕，彼此都散入衙去。

杨知县对奶奶说这宣尉司的缘故，李氏说："薛宣尉年纪小，极是作聪的。若是小心与他相好，钱财也得了他的，我们回去，还在他手里，不可托大，说他是土官。不可怠慢他。"又说道："这三日内，有一个穿红的妖人无礼。来见你时，切不可被他哄起身来，不要采他。"杨知县都记在心里了。

等待三日，城隍庙行香到任，就坐堂，所属都来参见，发放已毕。只见阶下有个穿红布员领、戴顶方头巾

的土人，走到杨知县面前，也不下跪，口里说道："请起来，老人作揖。"知县相公问道："你是那县的老人？与我这衙门有相干也无相干？"老人也不回报甚么，口里又说道："请起来，老人作揖。"知县相公虽不采他，被他三番两次在面前如此侮弄，又见两边看的人多了，亵威损重，又恐人耻笑；只记得奶奶说不要立起身来。那时气发了，那里顾得甚么？就叫皂隶："拿这老人下去，与我着实打！"只见跑过两个皂隶来，要拿下去打时，那老人硬着腰，两个人那里拿得倒！口里又说道："打不得！"知县相公定要打。众皂隶们一齐上，把这老人拿下，打了十板。众吏典都来讨饶，杨公叱道："赶出去！"这老人一头走，一头说道："不要慌！"

知县相公坐堂是个好日子，止望发头顺利。撞出这个歹人来，恼这一场，只得勉强发落些事，投文画卯了，闷闷的就散了堂。退入衙里来，李奶奶接着，说道："我分付老爹不要采这个穿红的人，你又与他计较。"杨公说道："依奶奶言语，并不曾起身，端端的坐着；只打得他十板。"奶奶又说道："他正是来斗法的人。你若起身时，他便夜来变妖作怪，百般惊吓你；你却怕死讨饶，这县官只当是他做了。那门皂吏书，都是他一路，那里有你我做主？如今被打了，他却不来弄神通惊你，只等夜里来害你性命。"杨公道："怎生是好？"奶奶说道："不妨事！老爹且宽心，晚间自有道理。"杨公又说道："全仗奶奶。"

待到晚，吃了饭，收拾停当。李奶奶先把白粉灰按着四方，画四个符；中间空处，也画个符。就教老爹坐在中间符上，分付道："夜里有怪物来惊吓你，你切不可动身，只端端坐在符上，也不要怕他。"李奶奶也结束，箱里取出一个三四寸长的大金针来，把香烛朱符，供养在神前，贴贴的坐在白粉圈子外等候。

约莫着到二更时分，耳边听得风雨之声，渐渐响近；来到房檐口，就如裂帛一声响，飞到房里来。这个恶物，如茶盘大，看不甚明白，望着杨公扑将来。扑到白圈子外，就做住，绕着白圈子飞，只扑不进来。杨公惊得捉身不住。李奶奶念动咒，把这道符望空烧了。却也有灵，这恶物就不似发头飞得急捷了。说时迟，那时快，李奶奶打起精神，双眼定睛，看着这恶物，喝声："住！"疾忙拿起右手来，一把去抢这恶物，那恶物就望着地扑将下来。这李奶奶随着势，就低身把手按住在地上，双手拿这恶物起来看时，就如一个大蝙蝠模样，浑身黑白花纹，一个鲜红长嘴，看了怕杀人。杨公惊得呆了，半晌才起得身来。李氏对老爹说："这恶物是老人化身来的，若把这恶物打死在这里，那老人也就死了。恐不好解手，他的子孙也多了，必来报仇。我且留着他。"把两片翼翅双叠做一处，拿过金针钉在白圈子里符上，这恶物动也动不得。拿个篮儿盖好了，恐猫鼠之类害他。李氏与老爹自来房里睡了。

次日，起来升堂。只见有二十来个老人，衣服齐整，都来跪在知县相公面前，说道："小人都是庞老人的亲邻。庞某不知高低，夜来冲激老爹，被老爹拿了；烦望开恩，只饶恕这一遭，小人与他自来孝顺老爹。"知县相公说道："你们既然晓得，我若没本事，也不敢来这里做官。我也不杀他，看他怎生脱身！"众老人们说道："实不敢瞒老爹，这县里自来是他与几个把持，不同官府做主。如今晓得老爹的法了，再也不敢冒犯老爹。饶放庞老人一个，满县人自然归顺。"知县相公又说道："你众人且起来，我自有处。"众人喏喏连声而退。知县散了堂，来衙里见李奶奶，备说讨饶一事。李氏道："待明日这干人再来讨饶，才可放他。"

又过了一夜。次日，知县相公坐堂，众老人又来跪着讨饶，此时哀告苦切。知县说："看你众人面上，且姑恕他这一次。下次再无礼，决不饶了。"众老人拜谢而去。知县退入衙里来，李氏说："如今可放他了。"到夜来，李氏走进白圈子里，拔起金针，那个恶物就飞去了。这恶物飞到家里，那庞老人就在床上爬起来，作谢众老人，说道："几乎不得与列位见了。这知县相公犹可，这奶奶利害！他的法术，不知那里学来的，比我们的不同。过日同列位备礼去叩头，再不要去惹他了。"请众老人吃些酒食，各人相别，说道："改日约齐了，同去参拜。"

且说杨公退入衙里来，向李氏称谢。李氏道："老爹，今日就可去看薛宣尉了。"杨公道："容备礼方好去得。"李氏道："礼已备下了：金花金缎，两匹文葛，一个名人手卷，一个古砚。"预备的，取出来就是，不要杨公费一些心。杨公出来，拨些人夫轿马，连夜去。天明时分，到马龙地方。这宣尉司，偌大一个衙门，周围都是高砖城裹着。城里又筑个圃子，方圆二十余里。圃子里厅、堂、池、榭，就如王者。知县相公到得宣尉司府门首，着人通报入去。一会间，有人出来请入去。薛宣尉自也来接，到大门上，二人相见，各逊揖同进。到堂上行礼毕，就请杨知县去后堂坐下吃茶。彼此通道寒温已毕，请到花园里厅上赴宴。薛宣尉见杨知县人品虽是瘦小，却有学问；又善谈吐，能诗能饮。饮酒间，薛宣尉要试杨知县才思，叫人拿出一面紫金古镜来。薛宣尉说道："这镜是紫金铸的，冲莹光洁，悉照秋毫。镜背有四卦，按卦扣之，各应四位之声；中则应黄钟之声。汉成帝尝持镜为飞燕画眉，因用不断胶，临镜呢呢而崩。"杨公持看古镜，果然奇古，就作一铭。铭云：

> 猗与兹器，肇制轩辕。大冶范金，炎帝秉虔；凿开混沌，大明中天。伏氏画卦，四象乃全。因时制律，师旷审焉。高下清浊，宫徵周旋。形色既具，效用不愆。君子视则，冠裳俨然；淑婉临之，朗然而天。妍媸毕见，不为少迁。喜怒在彼，我何与焉？

杨公写毕，文不加点，送与薛宣尉看。薛宣尉把这文章番复细看，又见写得好，不住口称赞。说是汉文晋字，天下奇才，王、杨、卢、骆之流。又取出一面小古镜来，比前更加奇古，再要求一铭。杨公又作一铭，铭云：

> 察见渊鱼，实惟不祥。靡聪靡明，顺帝之光。

全神返照，内外两忘。

薛宣尉看了这铭，说道："辞旨精拔，愈出愈奇。"更加敬服杨公。一连留住五日，每日好筵席款洽杨公。薛宣尉问起庞老人之事，杨公备说这来历，二人都笑起来。杨公苦死告辞，要回县来；薛宣尉再三不忍抛别，问杨公道："足下尊庚？"杨公道："不才虚度三十六岁。"薛宣尉道："在下今年二十六岁，公长弟十岁。"就拜杨公为兄。二人结义了，彼此欢喜。又摆酒席送行，赠杨公二千余两金银酒器。杨公再三推辞，薛宣尉说道："我与公既为兄弟，不须计较。弟颇得过；兄乃初任，又在不足中。时常要送东西与兄，以后再不必推却。"

杨公拜谢，别了薛宣尉，回到县里来。只见庞老人与一干老人，备羊酒缎匹，每人一百两银子，共有二千余两，送入县里来。杨知县看见许多东西，说道："生受你们，恐不好受么！"众老人都说道："小人们些须薄意，老爹不比往常来的知县相公。这地方虽是夷人难治，人最老实一性的；小人们归顺，概县人谁敢梗化？时常还有孝顺老爹。"杨公见如此殷勤，就留这一干人在吏舍里，吃些酒饭。众老人拜谢去了。

旧例：夷人告一纸状子，不管准不准，先纳三钱纸价。每限状子多，自有若干银子。如遇人命，若愿讲和，里邻干证估凶身家事厚薄，请知县相公把家私分作三股。一股送与知县，一股给与苦主，留一股与凶身。如此就说好官府。蛮夷中另是一种风俗，如遇时节，远近人都来馈送。杨知县在安庄三年有余，得了好些财物。凡有所得，就送到薛宣尉寄顿。这知县相公宦囊也颇盛了。一日，对薛宣尉说道："知足不辱。杨益在此，蒙兄顾爱，尝叨厚赐；况俸资也可过得日子了，杨益已告致仕。只是有这些俸资，如何得到家里？烦望兄长救济。"薛宣尉说道："兄既告致仕，我也留你不得了。这里积下的财物，我自着人送去下船，不须兄费心。"杨公就此相别，薛宣尉又摆酒席送行，又送千金赆礼，俱预先送在船里。杨公回到县里来，叫众老人们都到县里来，说道："我在此三年，生受你们多了。我已致仕，今日与你们相别，我也分些东西与你众人，这是我的意思。我来时这几个箱笼，如今去也只是这几个箱笼，当堂上你们自看。"众老人又禀道："没甚孝顺老爹，怎敢倒要老爹的东西？"各人些小受了些，都欢喜拜谢自去。起身之日，百姓都摆列香花灯烛送行。县里人只见杨公没甚行李，那晓得都是薛宣尉预先送在船里停当了，杨公只像个没东西的一般。杨公与李氏下了船，照依旧路回来，一路平安。

行了一月有余，来到旧日泊船之处，近着李氏家了。泊到岸边，只见那个长老并几个人伴，都在那里等。都上船来与杨公相见，彼此欢天喜地。李氏也来拜见长老。杨公就教摆酒来，聊叙久别之情。杨公把在县的事，都说与长老。长老回话道："我都晓得了，不必说。今日小僧来此，别无甚话，专为舍侄女一事。他原有丈夫，我因见足下去不得，以此不顾廉耻，使侄女相伴足下到那县里。谢天地，无事故回来，十分好了。侄女其实不得去了，还要送归前夫。财物恁凭你处。"杨公听得说，两泪交流，大哭起来，拜倒在奶奶、长老面前，说道："丢得我好苦！我只是死了罢。"拔出一把小解手刀来，望着咽喉便刎。李氏慌忙抱住，夺了刀，也就啼哭起来。长老来劝，说道："不要苦了，终须一别。我原许还他丈夫，出家人不说谎。"杨知县带着眼泪说道："财物恁凭长老、奶奶取去，只是痛苦不得过。"长老见这杨公如此情真，说道："我自有处。且在船里宿了，明日作别。"

杨公与李氏一夜不曾合眼，泪不曾干，说了一夜。

到明日早起来，梳洗饭毕。长老主张把宦资作十分，说："杨大人取了六分，侄女取了三分，我也取了一分。"各人都无话说。李氏与杨公两个抱住，那里肯舍！真个是生离死别。李氏只得自上岸去了，杨公也开了船。那个长老又说道："这条水路最是难走，我直送你到临安才回来。我们不打劫别人的东西也好了，终不成倒被别人打劫了去？"这和尚直送杨知县到临安。杨知县苦死留这僧人在家，住了两月。杨公又厚赠这长老，又修书致意李氏。自此信使不绝。有诗为证：

> 蛮邦薄宦一孤身，全赖高僧觅好音。
>
> 随地相逢休傲慢，世间何处没奇人？

第十七卷　陈从善梅岭失浑家

君骑白马连云栈，我驾孤舟乱石滩。

扬鞭举棹休相笑，烟波名利大家难。

话说大宋徽宗宣和三年上，春间，黄榜招贤，大开选场。去这东京汴梁城内虎异营中，一秀才姓陈，名辛，字从善，年二十岁；故父是殿前太尉。这官人不幸父母蚤亡，只单身独自。自小好学，学得文武双全。正是：文欺孔孟，武赛孙吴；五经三史，六韬三略，无所不晓。新娶得一个浑家，乃东京金梁桥下张待诏之女，小字如春。年方二八，生得如花似玉；比花花解语，比玉玉生香。夫妻二人，如鱼似水，且是说得着，不愿同日生，只愿同日死。这陈辛一心向善，常好斋供僧道。

一日，与妻言说：'"今黄榜招贤，我欲赴选，求得一官半职，改换门间，多少是好。"如春答曰："只恐你命运不通，不得中举。"陈辛曰："我正是，学成文武艺，货与帝王家。"不数日，去赴选场，偕众伺候挂榜。旬日之间，金榜题名，已登三甲进士，琼林宴罢，谢恩，御笔除授广东南雄沙角镇巡检司巡检。回家说与妻如春道："今我蒙圣恩，除做南雄巡检之职，就要走马上任。我闻广东一路，千层峻岭，万叠高山，路途难行，盗贼烟瘴极多。如今便要收拾前去，如之奈何？"如春曰："奴一身嫁与官人，只得同受甘苦。如今去做官，便是路途险难，只得前去，何必忧心？"陈辛见妻如此说，心下稍宽。正是：

> 青龙与白虎同行，吉凶事全然未保。

当日，陈巡检唤当直王吉分付曰："我今得授广东南雄巡检之职，争奈路途险峻，好生艰难，你与我寻一个使唤的，一同前去。"王吉领命，往街市寻觅，不在话下。

却说陈巡检分付厨下使唤的："明日是四月初三日，设斋多备斋供。不问云游全真道人，都要斋他，不得有缺。"

　　不说这里斋主备办。且说大罗仙界有一真人，号曰紫阳真君，于仙界观见陈辛奉真斋道："好生志诚！今投南雄巡检，争奈他妻有千日之灾。"分付大慧真人化作道童，"听吾法旨：你可假名罗童，权与陈辛作伴当，护送夫妻二人，他妻若遇妖精，你可护送。"道童听旨，同真君到陈辛宅中，与陈巡检相见礼毕。斋罢，真君问陈辛曰："何故往日设斋欢喜，今日如何烦恼？"陈辛叉手告曰："听小生诉禀：今蒙圣恩，除南雄巡检；争奈路远难行，又无兄弟，因此忧闷也。"真人曰："我有这个道童，唤做罗童，年纪虽小，有些能处。今日权借与斋官，送到南雄沙角镇，便着他回来。"夫妻二人拜谢曰："感蒙尊师降临，又赐道童相伴，此恩难报。"真君曰："贫道物外之人，不思荣辱，岂图报恩？"拂袖而去了。陈辛曰："且喜添得罗童做伴。"收拾琴、剑、书箱，辞了亲戚邻里，封锁门户，离了东京。十里长亭，五里短亭，迤逦而进。一路上，但见：

　　　　村前茅舍，庄后竹篱。村醪香透磁缸，浊酒满盛瓦瓮。架上麻衣，昨日芒郎留下当；酒帘大字，乡中学究醉时书。沽酒客暂解担囊，趱路人不停车马。

陈巡检骑着马，如春乘着轿，王吉、罗童挑着书箱行李，在路少不得饥餐渴饮，夜住晓行。罗童心中自忖："我是大罗仙中大慧真人，今奉紫阳真君法旨，教我跟陈巡检往南雄沙角镇去。吾故意妆风做痴，教他不识咱真相。"遂乃行走不动，上前退后。如春见罗童如此嫌迟，好生心恼，再三要赶回去，陈巡检不肯，恐背了真人重恩。罗童正行在路，打火造饭，哭哭啼啼不肯吃，连陈巡检也厌烦了。如春孺人执性，定要赶罗童回去。罗童越耍风，叫："走不动！"王吉搀扶着行，不五里叫腰疼，大哭不止。如春说与陈巡检："当初指望得罗童用，今日不曾得他半分之力，不如教他回去。"陈巡检不合听了孺人言语，打发罗童回去。有分教如春争些个做了失乡之鬼。正是：

鹿迷郑相应难辨，蝶梦周公未可知。

当日打发罗童回去，且得耳根清净。陈巡检夫妻和王吉三人前行。

且说梅岭之北有一洞，名曰申阳洞。洞中有一怪，号曰申阳公，乃猢狲精也。弟兄三人：一个是通天大圣，一个是弥天大圣，一个是齐天大圣。小妹便是泗州圣母。这齐天大圣神通广大，变化多端：能降各洞山魈，管领诸山猛兽；兴妖作法，摄偷可意佳人；啸月吟风，醉饮非凡美酒。与天地齐休，日月同长。这齐天大圣在洞中，观见岭下轿中，抬着一个佳人，娇嫩如花似玉，意欲取他。乃唤山神分付："听吾号令，便化客店，你做小二哥，我做店主人。他必到此店投宿。更深夜静，摄此妇人入洞中。"山神听令，化作一店；申阳公变作店主，坐在店中。却好至黄昏时分，陈巡检与孺人如春并王吉至梅岭下，见天色黄昏，路逢一店，唤招商客店。王吉向前去敲门，店小二问曰："客长有何勾当？"王吉答道："我主人乃南雄沙角巡检之任，到此赶不着馆驿，欲借店中一宿，来蚤便行。"申阳公迎接陈巡检夫妻二人入店，头房安下。申阳公说与陈巡检曰："老夫今年八十余岁，今晚多口，劝官人一句：前面梅岭，好生僻静！虎狼、劫盗极多；不如就老夫这里，安下孺人。官人自先去到任，多差弓兵人等来取，却好？"陈巡检答曰："小官三代将门之子，通晓武艺；常怀报国之心，岂怕虎狼盗贼？"申公情知难劝，便不敢言，自退去了。

　　且说陈巡检夫妻二人到店房中，吃了些晚饭，却好一更。看看二更，陈巡检先上床，脱衣而卧。只见就中

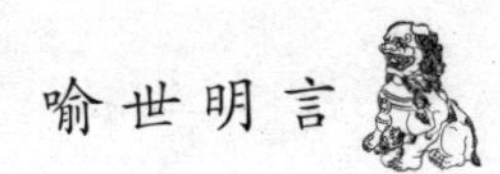

起一阵风，正是：

> 吹折地狱门前树，刮起酆都顶上尘。

那阵风过处，吹得灯半灭而复明。陈巡检大惊！急穿衣起来看时，就房中不见了孺人。开房门叫得王吉。那王吉睡中叫将起来，不知头由，慌张失势。陈巡检说与王吉："房中起一阵狂风，不见了孺人。"主仆二人急叫店主人时，叫不应了。仔细看时，和店房都不见了，连王吉也吃一惊。看时，二人立在荒郊野地上，止有书箱行李并马在面前，并无灯火。客店、店主人皆无踪迹。只因此夜，直教陈巡检三年不见孺人之面。未知久后如何。正是：

> 雨里烟村雾里都，不分南北路程途。
>
> 多疑看罢僧繇画，收起丹青一轴图。

陈巡检与王吉听谯楼更鼓，正打四更。当夜月明星光之下，主仆二人，前无客店，后无人家，惊得魂飞天外，魄散九霄。只得教王吉挑了行李，自跳上马，月光之下，依路径而行。在路，陈巡检寻思："不知是何妖法，化作客店，摄了我妻去？从古至今，不见闻此异事！"巡检一头行，一头哭："我妻不知着落。"迤逦而行，却好天明。王吉劝官人："且休烦恼，理会正事。前面梅岭，望着好生险峻崎岖，凹凸难行。只得捱过此岭，且去沙角镇上了任，却来打听，寻取孺人不迟。"陈巡检听了王吉之言，只得勉强而行。

且说申阳公摄了张如春，归于洞中。惊得魂飞魄散，半晌醒来，泪如雨下。元来洞中先有一娘子，名唤牡丹，亦被摄在洞中日久，向前来劝如春不要烦恼。申公说与如春："娘子，小圣与娘子前生有缘。今日得到洞中，别有一个世界。你吃了我仙桃、仙酒、胡麻饭，便是长生不死之人。你看我这洞中仙女，尽是凡间摄将来的。娘子休闷，且共你兰房同床云雨。"如春见说，哀哀痛哭，告申公曰："奴奴不愿洞中快乐，长生不死，只求早死。若说云雨，实然不愿。"申公见说如此，自思："我为他春心荡漾；他如今烦恼，未可归顺。其妇人性执，若逼令他，必定寻死，却不可惜了这等端妍少貌之人！"乃唤一妇人，名唤金莲洞主，也是日前摄来的，在洞中多年矣。申公分付："好好劝如春，早晚好待他，将好言语诱他，等他回心。"金莲引如春到房中，将酒食管待。如春酒也不吃，食也不吃，只是烦恼。金莲、牡丹二妇人再三劝他："你既被摄到此间，只得无奈何。自古道在他矮檐下，怎敢不低头？"如春告金莲云："姐姐，你岂知我今生夫妻分离？被这老妖半夜摄将到此，强要奴家云雨，决不依随！只求快死，以表我贞洁。古云烈女不更二夫，奴今宁死而不受辱。"金莲说："要知山下事，请问过来人。这事我也曾经来。我家在南雄府住，丈夫富贵，也被申公摄来洞中五年。你见他貌恶，当初我亦如此；后来惯熟，方才好过。你既到此，只得没奈何，随顺了他罢。"如春大怒，骂云："我不似你这等淫贱，贪生受辱，枉为人在世，泼贱之女！"金莲云："好言不听，祸必临身。"遂自回报申公说："新来佳人，不肯随顺，恶言诽谤，劝他不从。"申公大怒而言："这个贱人，如此无礼！本待将铜锤打死，为他花容无比，不忍下手；可奈他执意不从。"交付牡丹娘子："你管押着他。将这贱人剪发齐眉，蓬头赤脚，罚去山头挑水，浇灌花木。一日与他三顿淡饭。"牡丹依言，将张如春剪发齐眉，赤了双脚；把一副水桶与他。如春自思："欲投岩洞中而死，万一天可怜见，苦尽甘来，还有再见丈夫之日。"不免含泪而挑水。正是：

宁为困苦全贞妇，不作贪淫下贱人。

不说张氏如春在洞中受苦。且说陈巡检与同王吉自离东京，在路两月余，至梅岭之北，被申阳公摄了孺人去，千方无计寻觅。王吉劝官人且去上任，巡检只得弃舍而行。乃望面前一村酒店，巡检到店门前下马，与王吉入店买酒饭吃了，算还酒饭钱，再上马而去。见一个草舍，乃是卖卦的，在梅岭下。招牌上写："杨殿干请仙下笔，吉凶有准，祸福无差。"陈巡检到门前，下马离鞍，入门与杨殿干相见已毕。殿干问："尊官何来？"陈巡检将昨夜失妻之事，从头至尾，说了一遍。杨殿干焚香请圣，陈巡检跪拜祷祝。只见杨殿干请仙至，降笔判断四句，诗曰：

千日逢灾厄，佳人意自坚。

紫阳来到日，镜破再团圆。

杨殿干断曰："官人且省烦恼。孺人有千日之灾，三年之后，再遇紫阳，夫妇团圆。"陈巡检自思："东京曾遇紫阳真人，借罗童为伴。因罗童呕气，打发他回去。此间相隔数千里路，如何得紫阳到此？"遂乃心中少宽。还了卦钱，谢了杨殿干，上马同王吉并众人上梅岭来。陈巡检看那岭时，真个险峻：

欲问世间烟障路，大庾梅岭苦心酸。

磨牙猛虎成群走，吐气巴蛇满地攒。

　　陈巡检并一行人过了梅岭。岭南二十里，有一小亭，名唤做接官亭。巡检下马，入亭中暂歇。忽见王吉报说：“有南雄沙角镇巡检衙门弓兵人等，远为迎接。”陈巡检唤入，参拜毕。过了一夜，次日同弓兵、吏卒走马上任，至于衙中升厅，众人参贺已毕。陈巡检在沙角镇做官，且是清正严谨。光阴似箭，正是：窗外日光弹指过，席前花影坐间移。倏忽在任，不觉一载有余。差人打听孺人消息，并无踪迹。端的：

　　　　好似石沉东海底，

　　　　犹如线断纸风筝。

　　陈巡检为因孺人无有消息，心中好闷；思忆浑家，终日下泪。正思念张如春之际，忽弓兵上报：“相公，祸事！今有南雄府府尹札付来报军情：有一强人，姓杨，名广，绰号‘镇山虎’，聚集五七百小喽罗，占据南林村，打家劫舍，杀人放火，百姓遭殃。札付巡检，‘火速带领所管一千人马，关领军器，前去收捕，毋得迟误。’”陈巡检听知，火速收拾军器鞍马。披挂已了，引着一千人马，径奔南林村来。

　　却说那南林村镇山虎正在寨中饮酒，小喽罗报说：“官军到来。”急上马持刀，一声锣响，引了五百小喽罗，前来迎敌。陈巡检与镇山虎并不打话，两马相交，那草寇怎敌得陈巡检过？斗无十合，一矛刺镇山虎于马下，枭其首级，杀散小喽罗。将首级回南雄府，当厅呈献；府尹大喜，重赏了当。自回巡检衙，办酒庆贺已毕。只因斩了镇山虎，真个是：

> 威名大振南雄府，武艺高强众所钦。

这陈巡检在任，倏忽却早三年官满。新官交替，陈巡检收拾行装，与王吉离了沙角镇。两程并作一程行，相望庾岭之下，红日西沉，天色已晚。陈巡检一行人，望见远远松林间有一座寺，王吉告官人："前面有一座寺，我们去投宿则个。"陈巡检勒马向前，看那寺时，额上有"红莲寺"三个大金字。巡检下马，同一行人入寺。元来这寺中长老，名号旃大惠禅师，佛法广大，德行清高，是个古佛出世。当时行者报与长老："有一过往官人投宿。"长老教行者相请。巡检入方丈，参见长老。礼毕，长老问："官人何来？"陈巡检备说前事，"万望长老慈悲，指点陈辛，寻得孺人回乡，不忘重恩。"长老曰："官人听禀：此怪是白猿精，千年成器，变化难测。你孺人性贞烈，不肯依随，被他剪发赤脚，挑水浇花，受其苦楚。此人号曰申阳公，常到寺中听说禅机，讲其佛法。官人若要见孺人，可在我寺中住几时，等申阳公来时，我劝化他回心，放还你妻，如何？"陈巡检见长老如此说，心中喜欢，且在寺中歇下。正是：

五里亭亭一小峰，上分南北与西东。

世间多少迷途客，一指还归大道中。

陈巡检在红莲寺中，一住十余日。忽一日，行者报与长老："申阳公到寺来也。"巡检闻之，躲于方丈中屏风后面。只见长老相迎申阳公入方丈。叙礼毕，分位而坐，行者献茶。茶罢，申阳公告长老曰："小圣无能断除爱欲，只为色心迷恋本性，谁能虎项解金铃？"长老答曰："尊圣要解虎项金铃，可解色心本性。色即是空，空即是色。一尘不染，万法皆明。莫怪老僧多言相劝，闻知你洞中有一如春娘子，在洞三年。他是贞节之妇，可放他一命还乡，此便是断却欲心也。"申阳公听罢，回言："长老，小圣心中正恨此人。罚他挑水三年，不肯回心；这等愚顽，决不轻放！"陈巡检在屏风后听得说，正是：提起心头火，咬碎口中牙。陈巡检大怒！拔出所佩宝剑，劈头便砍。申阳公用手一指，其剑反着自身。申阳公曰："吾不看长老之面，将你粉骨碎身，此冤必报。”道罢，申阳公别了长老，回去了。自洞中叫张如春在面前，欲要剖腹取心，害其性命。得牡丹、金莲二人救解，依旧挑水浇花，不在话下。

且说陈巡检不知妻子下落，到也罢了；既晓得在申阳洞中，心下倍加烦恼。在红莲寺方丈中拜告长老：“怎生得见我妻之面？”长老曰：“要见不难。老僧指一条径路，上山去寻。”长老叫行者引巡检去山间寻访，行者自回寺。只说陈辛去寻妻，未知寻得见寻不见。正是：

> 风定始知蝉在树，灯残方见月临窗。

当日，陈巡检带了王吉，一同行者到梅岭山头，不顾崎岖峻险，走到山岩潭畔，见个赤脚挑水妇人。慌忙向前看时，正是如春。夫妻二人，抱头而哭，各诉前情，莫非梦中相见？一一告诉。如春说：“昨日申公回洞，几乎一命不存。”巡检乃言：“谢红莲寺长老，指路来寻，不想却好遇你，不如共你逃走了罢。”如春道：“走不得。申公妖法广大，神通莫测。他若知我走，赶上时，和官人性命不留。我闻申公平日只怕紫阳真君，除非求得他来，方解其难。官人可急回寺去，莫待申公知之，其祸不小。”陈巡检只得弃了如春，归寺中拜谢长老，说已见娇妻。言：“申公只怕紫阳真君，他在东京曾与陈辛相会；今此间窎远，如何得他来救？”长老见他如此哀告，乃言：“等我与你入定去看，便见分晓。”长老教行者焚香，入定去了一晌。出定回来，说与陈巡检曰：“当初紫阳真人与你一个道童，你到半路赶了他回去。你如今便可往，急走三日，必有报应。”陈巡检见说，依其言，急急步行山寺。迤逦行了两日，并无踪迹。

　　且说紫阳真人在大罗仙境与罗童曰：“吾三年前，那陈巡检去上任时，他妻合有千日之灾，今已将满。吾怜他养道修真，好生虔心。吾今与汝同下凡间，去梅岭救取其妻回乡。”罗童听旨，一同下凡，往广东路上行来。这日，却好陈巡检撞见真君同罗童远远而来，乃急急向前跪拜，哀告曰：“真君，望救度！弟子妻张如春被申阳公妖法摄在洞中三年，受其苦楚，望真君救难则个！”真君笑曰：“陈辛，你可先去红莲寺中等，我便到也。”陈辛拜别，先回寺中；备办香案，迎接真君救难。正是：

法箓持身不等闲，立身起业有多般。

千年铁树开花易，一日酆都出世难。

陈巡检在寺中等了一日，只见紫阳真君行至寺中，端的道貌非凡。长老直出寺门迎接，入方丈叙礼毕，分宾主坐定。长老看紫阳真君，端的有神仪八极之表，道貌堂堂，威仪凛凛。陈巡检拜在真君面前，告曰："望真君慈悲，早救陈辛妻张如春性命还乡，自当重重拜答深恩。"真君乃于香案前，口中不知说了几句言语，只见就方丈里起一阵风。但见：

无形无影透人怀，二月桃花被绰开。

就地撮将黄叶去，入山推出白云来。

那风过处，只见两个红巾天将出现，甚是勇猛。这两员神将朝着真君喏道："吾师有何法旨？"紫阳真君曰："快与我去申阳洞中，擒拿齐天大圣前来，不可有失。"两员天将去不多时，将申公一条铁索锁着，押到真君面前。申公跪下，紫阳真君判断，喝令天将将申公押入酆都天牢问罪。教罗童入申阳洞中，将众多妇女各各救出洞来，各令发付回家去讫。张如春与陈辛，夫妻再得团圆，向前拜谢紫阳真人。真人别了长老、陈辛，与罗童冉冉腾空而去了。

这陈巡检将礼物拜谢了长老，于一寺僧行别了。收拾行李轿马，王吉并一行从人离了红莲寺，迤逦在路。不则一日，回到东京故乡。夫妻团圆尽老，百年而终，有诗为证：

三年辛苦在申阳，恩爱夫妻痛断肠。

终是妖邪难胜正，贞名落得至今扬。

第十八卷　临安里钱婆留发迹

贵逼身来不自由，几年辛苦踏山丘。

满堂花醉三千客，一剑霜寒十四州。

莱子衣裳宫锦窄，谢公篇咏绮霞羞。

他年名上凌云阁，岂羡当时万户侯？

这八句诗，乃是晚唐时贯休所作。那贯休是个有名的诗僧，因避黄巢之乱，来于越地，将此诗献与钱王求见。钱王一见此诗，大加叹赏！但嫌其"一剑霜寒十四州"之句，殊无恢廓之意。遣人对他说，教和尚改"十四州"为"四十州"，方许相见。贯休应声吟诗四句。诗曰：

不羡荣华不惧威，添州改字总难依。

闲云野鹤无常住，何处江天不可飞？

吟罢，飘然而入蜀。钱王懊悔，追之不及。真高僧也。后人有诗讥诮钱王云：

> 文人自古傲王侯，沧海何曾择细流？

> 一个诗僧容不得，如何安口望添州？

此诗是说钱王度量窄狭，所以不能恢廓霸图，止于一十四州之主。虽如此说，像钱王生于乱世，独霸一方，做了一十四州之王，称孤道寡，非通小可！你道钱王是谁？他怎生样出身？有诗为证：

> 项氏宗衰刘氏穷，一朝龙战定关中。

> 纷纷肉眼看成败，谁向尘埃识骏雄？

话说钱王，名镠，表字具美，小名婆留，乃杭州府临安县人氏。其母怀孕之时，家中时常火发；及至救之，又复不见。举家怪异。忽一日，黄昏时候，钱公自外而来，遥见一条大蜥蜴，在自家屋上蜿蜒而下。头垂及地，约长丈余，两目熠熠有光。钱公大惊！正欲声张，忽然不见。只见前后火光亘天，钱公以为失火，急呼邻里求救。众人也有已睡的，未睡的，听说钱家火起，都爬起来。收拾挠钩、水桶来救火时，那里有什么火？但闻房中呱呱之声，钱妈妈已产下一个孩儿。钱公因自己错呼救火，薅恼了邻里，十分惭愧，正不过意；

又见了这条大蜥蜴，都是怪事。想所产孩儿，必然是妖物，留之无益，不如溺死，以绝后患。也是这小孩儿命不该绝。东邻有个王婆，平生念佛好善，与钱妈妈往来最厚；这一晚，因钱公呼唤救火，也跑来看。闻说钱妈妈生产，进房帮助；见养下孩儿，欢天喜地，抱去盆中洗浴。被钱公劈手夺过孩儿，按在浴盆里面，要将溺死。慌得王婆叫起屈来，倒身护住，定不容他下手。连声道："罪过，罪过！这孩子一难一度，投得个男身。作何罪业，要将他溺死？自古道：虎狼也有父子之情。你老人家是何意故？"钱妈妈也在床褥上嚷将起来。钱公道："这孩子临产时，家中有许多怪异，只恐不是好物，留之为害。"王婆道："一点点血块，那里便定得好歹。况且贵人生产，多有奇异之兆。反为祥瑞，也未可知。你老人家若不肯留这孩子时，待老身领去，过继与没孩儿的人家养育，也是一条性命。与你老人家也免了些罪业。"钱公被王婆苦劝不过，只得留了。取个小名，就唤做婆留。有诗为证：

五月佳儿说孟尝，又因光怪误钱王。

试看斗文并后稷，君相从来岂夭亡！

古时，姜嫄感巨人迹而生子，惧而弃之于野。百

鸟皆舒翼覆之，三日不死。重复收养，因名曰弃。比及长大，天生圣德，能播种五谷。帝尧任为后稷之官，使主稼穑，是为周朝始祖。到武王之世，开了周家八百年基业。又春秋时，楚国大夫斗伯比与郧子之女偷情，生下一儿。其母郧夫人以为不雅，私弃于梦泽之中。郧子出猎，到于梦泽，见一虎跪下，将乳喂一小儿，心中怪异。那虎乳罢孩儿，自去了。郧子教人抱此儿回来，对夫人夸奖此儿：“必是异人。”夫人认得己女所生，遂将实情说了。郧子就将女配与斗伯比为妻，教他抚养此儿。楚国土语唤“乳”做“谷”，唤“虎”做“於菟”。因有虎乳之异，取名曰谷於菟。后来长大为楚国令尹，则今传说的楚令尹子文就是。所以说：贵人无死法。又说：大难不死，必有后禄。今日说钱公满意要溺死孩儿，又被王婆留住，岂非天命？

话休絮烦。再说钱婆留长成五六岁，便头角渐异，相貌雄伟，膂力非常。与里中众小儿游戏厮打，随你十多岁的孩儿，也弄他不过，只索让他为尊。这临安里中有座山，名石镜山。山有圆石，其光如镜，照见人形。钱婆留每日同众小儿在山边游戏，石镜中照见钱婆留头带冕旒，身穿蟒衣玉带，众小儿都吃一惊，齐说：“神道出现。”偏是婆留全不骇惧，对小儿说道：“这镜中神道，就是我！你们见我，都该下拜。”众小儿罗拜于前，婆留安然受之，以此为常。一日回去，向父亲钱公说知其事。钱公不信，同他到石镜边照验，果然如此。钱公吃了一惊，对镜暗暗祷告道：“我儿婆留果有富贵之日，昌大钱宗，愿神灵隐蔽镜中之形，莫被人见，恐惹大祸。”祷告方毕，教婆留再照时，只见小孩儿的模样，并无王者衣冠。钱公故意骂道：“孩子家眼花说谎，下次不可如此！”

次日，婆留再到石镜边游戏，众小儿不见了神道，不肯下拜了。婆留心生一计。那石镜旁边，有一株大树，其大百围，枝叶扶疏，可荫数亩。树下有大石一块，有七八尺之高。婆留道：“这大树权做个宝殿，这大石权做个龙案。那个先爬上龙案坐下的，便是登宝殿了，众人都要拜贺他。”众小儿齐声道：“好！”一齐来爬时，那石高又高，峭又峭，滑又滑，怎生爬得上？天生婆留身材矫捷，又且有智。他想着：“大树本子上，有几个乾靴，好借脚力。”相在肚里了，跳上树根，一步步攀缘而上。约莫离地丈许，看得这块大石亲切，放手望下只一跳，端端正正坐于石上。众小儿发一声喊，都拜倒在地。婆留道："今日你们服也不服？"众小儿都应道：
"服了。"婆留道："既然服我，便要听我号令。"当下折
些树枝，假做旗幡；双双成对，摆个队伍，不许混乱。
自此为始，每早排衙行礼；或剪纸为青红旗，分作两军
交战，婆留坐石上指挥。一进一退，都有法度；如违
了，他便打。众小儿打他不过，只得依他，无不惧怕。
正是：

> 天挺英豪志量开，休教轻觑小儿孩。
>
> 未施济世安民手，先见惊天动地才。

再说婆留到十七八岁时，顶冠束发，长成一表人材；
生得身长力大，腰阔膀开，十八般武艺，不学自高。虽
曾进学堂读书，粗晓文义便抛开了，不肯专心；又不肯
做农商经纪。在里中不干好事，惯一偷鸡打狗，吃酒赌
钱。家中也有些小家私，都被他赌博，消费得七八了。
爹娘若说他不是，他就憋着气，三两日出去不归。因是
管辖他不下，只得由他。此时，里中都唤他做钱大郎，
不敢叫他小名了。一日，婆留因没钱使用，忽然想起：
"顾三郎一伙，尝来打合我去贩卖私盐。我今日身闲无
事，何不去寻他？"行到释迦院前，打从戚汉老门首经
过。那戚汉老是钱塘县第一个开赌场的，家中养下几个

娟妓，招引赌客。婆留闲时，也常在他家赌钱、住宿。这一日，忽见戚汉老左手上横着一把行秤，右手提了一只大公鸡、一个猪头回来。看了婆留便道："大郎，连日少会。"婆留问道："有甚好赌客在家？"汉老道："不瞒大郎说，本县录事老爷有两位郎君，好的是赌博，也肯使花酒钱。有多嘴的，对他说了，引到我家坐地，要寻人赌双陆。人听说是见在官府的儿，没人敢来上桩。大郎有采时，进去赌对一局。他们都是见采，分文不欠的。"婆留口中不语，心下思量道："两日正没生意，且去淘摸几贯钱钞使用。"便向戚汉老道："别人弱他官府，我却不弱他。便对一局，打甚紧？只怕采头短少，须吃他财主笑话。少停赌对时，我只说有在你处，你与我招架一声，得采时平分便了，若还输去，我自赔你。"汉老素知婆留平日赌性最直，便应道："使得。"

当下汉老同婆留进门，与二钟相见。这二钟一个叫做钟明，一个叫做钟亮，他父亲是钟起，见为本县录事之职。汉老开口道："此间钱大郎，年纪虽少，最好拳棒，兼善博戏。闻知二位公子在小人家里，特来进见。"原来二钟也喜拳棒，正投其机；又见婆留一表人材，不胜欢喜。当下叙礼毕，闲讲了几路拳法。钟明就讨双陆盘摆下，身边取出十两重一锭大银，放在桌上，说道："今日与钱兄初次相识，且只赌这锭银子。"婆留假意向袖中一摸，说道："在下偶然出来拜一个朋友，遇戚老说公子在此，特来相会，不曾带得什么采来。"回头看着汉老道："左右有在你处，你替我答应则个。"汉老一时应承了，只得也取出十两银子，做一堆儿放着。便道："小人今日不方便，在此只有这十两银子，做两局赌么？"自古道：稍粗胆壮。婆留自己没一分钱钞，却教汉老应出银子，胆已自不壮了。着了急，一连两局都输。钟明收起银子，便道："得罪，得罪。"教小厮另取一两银子，送与汉老，作为头钱。汉老虽然还有银子在家，只怕钱大郎又输去了，只得认着晦气，收了一两银子。将双陆盘掇过一边，摆出酒肴留款。婆留那里有心饮酒，便道："公子宽坐，容在下回家去，再取稍来决赌。何如？"钟明道："最好。"钟亮道："既钱兄有兴，明日早些到此，竟日取乐。今日知己相逢，且共饮酒。"婆留只得坐了。两个妓女唱曲侑酒。正是：

> 赌场逢妓女，银子当砖块。

> 牡丹花下死，还却风流债。

当日正在欢饮之际，忽闻叩门声。开看时，却是录事衙中当直的，说道："老爷请公子议事。教小的们那处不寻到，却在这里！"钟明、钟亮便起身道："老父呼唤，不得不去。钱兄，明日须早来顽耍。"嘱罢，向汉老说声"相扰"，同当直的一齐去了。婆留也要出门，被汉老双手拉住道："我应的十两银子，几时还我？"婆留一手劈开便走，口里答道："来日送还。"出得门来，自言自语的道："今日手里无钱，却赌得不爽利。还去寻顾三郎，借几贯钞，明日来翻本。"带着三分酒兴，径往南门街上而来。向一个僻静巷口撒溺，背后一人将他脑后一拍，叫道："大郎，甚风吹到此？"婆留回头看时，正是贩卖私盐的头儿顾三郎。婆留道："三郎，今日相访，有句话说。"顾三郎道："甚话？"婆留道："不瞒你说，两日赌得没兴，与你告借百十贯钱去翻本。"顾三郎道："百十贯钱却易，只今夜随我去，便有。"婆留道："那里去？"顾三郎道："莫问，莫问，同到城外便知。"

两个步出城门，恰好日落西山，天色渐暝。约行二里之程，到个水港口，黑影里见缆个小船，离岸数尺。船上芦席满满冒住，密不通风，并无一人。顾三郎捻起泥块，向芦席上一撒，撒得声响。忽然芦席开处，船舱里钻出两个人来，咳嗽一声。顾三郎也咳嗽相应。那边两个人，即便撑船拢来。顾三郎同婆留下了船舱，船舱还藏得四个人。这里两个人下舱，便问道："三郎，你与谁人同来？"顾三郎道："请得主将在此，休得多言，快些开船去。"说罢，众人拿橹动篙，把这船儿弄得梭子般去了。婆留道："你们今夜又走什么道路？"顾三郎道："不瞒你说，两日不曾做得生意，手头艰难。闻知有个王节使的家小船，今夜泊在天目山下，明早要进香。此人巨富，船中必然广有金帛，弟兄们欲待借他些使用。只是他手下有两个苍头，叫做张龙、赵虎，大有本事，没人对付得他。正思想大郎了得，天幸适才相遇，此乃天使其便，大胆相邀至此。"婆留道："做官的贪赃枉法得来的钱钞，此乃不义之财，取之无碍！"

正说话间，听得船头前荡桨响，又有一个小划船来到。船上共有五条好汉在上，两船上一般咳嗽相应。婆留已知是同伙，更不问他。只见两船帮近，顾三郎悄悄问道："那话儿歇在那里？"划船上人应道："只在前面一里之地，我们已是着眼了。"当下，众人将船摇入芦苇中歇下，敲石取火。众好汉都来与婆留相见，船中已备得有酒肉，各人大碗酒、大块肉吃了一顿。分拨了器械，两只船，十三筹好汉，一齐上前进发。遥见大船上灯光未灭，众人摇船拢去，发声喊，都跳上船头。婆留手执铁棱棒打头，正遇着张龙，早被婆留一棒打落水去。赵虎望后艄便跑。满船人都唬得魂飞魄散，那个再敢挺敌？一个个跪倒船舱，连声饶命。婆留道："众兄弟听我分付：只许收拾金帛，休杀害他性命。"众人依言，将舟中辎重，恣意搬取。唿哨一声，众人仍分作两队，下了小船，飞也是摇去了。

原来王节使另是一个座船，他家小先到一日。次日，王节使方到，已知家小船被盗。细开失单，往杭州府告状。杭州刺史董昌准了，行文各县：访拿真赃真盗。文书行到临安县来，知县差县尉协同缉捕使臣，限时限日的擒拿，不在话下。

再说顾三郎一伙，重泊船于芦苇丛中，将所得利物，众人十三分均分。因婆留出力，议定多分一分与他。婆留共得了三大锭元宝，百来两碎银，及金银酒器、首饰又十余件。此时天色渐明，城门已开。婆留怀了许多东西，跳上船头，对顾三郎道："多谢作成，下次再当效力。"说罢，进城径到戚汉老家。汉老兀自床上翻身，被婆留叫唤起来，双手将两眼揩抹，问道："大郎

何事来得恁早？”婆留道：“钟家兄弟如何还不来？我寻他翻本则个。”便将元宝、碎银及酒器、首饰，一顿交付与戚汉老。说道：“恐怕又烦累你应采，这些东西都留你处，慢慢的支销。昨日借你的十两头，你就在里头除了罢。今日二钟来，你替我将几两碎银做个东道，就算我请他一席。”戚汉老见了许多财物，心中欢喜，连声应道：“这小事，但凭大郎分付。”婆留道：“今日起早些，既二钟未来，我要寻个静处，打个盹。”戚汉老引他到一个小小阁儿中，白木床上，叫道：“大郎任意安乐，小人去梳洗则个。”

却说钟明、钟亮在衙中早饭过了，袖了几锭银子，再到戚汉老家来。汉老正在门首买东买西，见了二钟，便道：“钱大郎今日做东道相请。在此专候久了，在小阁中打盹。二位先请进去，小人就来陪奉。”钟明、钟亮两个私下称赞道：“难得这般有信义之人。”走进堂中。只听得打鼾之声，如霹雳一般的响。二钟吃一惊！寻到小阁中，猛见个丈余长一条大蜥蜴，据于床上，头生两角，五色云雾罩定。钟明、钟亮一齐叫道：“作怪！”只这声“作怪”，便把云雾冲散，不见了蜥蜴。定睛看时，乃是钱大郎直挺挺的睡着。弟兄两个心下想道：“常闻说异人多有变相，明明是个蜥蜴，如何却是钱大郎？此人后来必然有些好外。我们趁此未遇之先，与他结交，有何不美？"两下商量定。等待婆留醒来，二人更不言其故，只说："我弟兄相慕信义，情愿结桃园之义，不知大郎允否？"婆留也爱二钟为人爽慨，当下就在小阁内，八拜定交。因婆留年最小，做了三弟。这日也不赌钱，大家畅饮而别。临别时，钟明把昨日赌赢的十两银子，送还婆留。婆留那里肯收，便道："戚汉老处，小弟自己还过了。这银，大哥权且留下。且待小弟手中乏时，相借未迟。"钟明只得收去了。

自此日为始，三个人时常相聚。因是吃酒打人，饮博场中，出了个大名，号为"钱塘三虎"。这句话，吹在钟起耳朵里，好生不乐。将两个儿子禁约在衙中，不许他出外游荡。婆留连日不见二钟，在录事衙前探听，已知了这个消息，害了一怕，好几日不敢去寻二钟相会。正是：

取友必须端，休将戏谑看。

家严儿学好，子孝父心宽。

再说钱婆留与二钟疏了，少不得又与顾三郎这伙亲密，时常同去贩盐为盗。此等不法之事，也不知做下几

十遭。原来走私商道路的，第一次胆小，第二次胆大，第三第四次浑身都是胆了。他不犯本钱，大锭银、大贯钞的使用。侥幸其事不发，落得快活受用。且到事发再处，他也拚得做得。自古道：若要不知，除非莫为。只因顾三郎伙内陈小乙，将一对赤金莲花杯在银匠家倒唤银子，被银匠认出是李十九员外库中之物，对做公的说了。做公的报知县尉，访着了这一伙姓名，尚未挨拿。

忽一日，县尉请钟录事父子在衙中饮酒。因钟明写得一手好字，县尉邀至书房，求他写一幅单条。钟明写了李太白《少年行》一篇，县尉展看称美。钟明偶然一眼，觑见大端石砚下，露出些纸脚。推开看时，写得有多人姓名。钟明有心，捉个冷眼，取来藏于袖中。背地偷看，却是所访盐盗的单儿。内中有钱婆留名字，钟明吃了一惊！上席后，不多几杯酒，便推腹痛先回。县尉只道真病，由他去了，谁知却是钟明的诡计。

当下钟明也不回去，急急跑到戚汉老家，教他转寻婆留说话。恰好婆留正在他场中铸牌赌色。钟明见了，也无暇作揖，一只臂膊牵出门外。到个僻静处，说道如此如此，"幸我看见，偷得访单在此。兄弟快些藏躲，恐怕不久要来缉捕，我须救你不得。一面我自着人替你在县尉处上下使钱，若三个月内不发作时，方可出头。兄弟千万珍重。"婆留道："单上许多人，都是我心腹至友。哥哥若营为时，须一例与他解宽。若放一人到官，众人都是不干净的。"钟明道："我自有道理。"说罢，钟明自去了。这一个信息，急得婆留脚也不停，径跑到南门寻见顾三郎，说知其事。也教他一伙作速移开，休得招风揽火。顾三郎道："我们只下了盐船，各镇、市四散撑开，没人知觉，只你守着爹娘，没处去得，怎么好？"婆留道："我自不妨事，珍重，珍重。"说罢，别去。从此婆留装病在家，准准住了三个月。早晚只演习枪棒，并不敢出门。连自己爹娘也道是个异事，却不知其中缘故。有诗为证：

> 钟明欲救婆留难，又见婆留转报人。
>
> 同乐同忧真义气，英雄必不负交亲。

却说县尉次日正要勾摄公事，寻砚底下这幅访单，已不见了，一时乱将起来。将书房中小厮吊打，再不肯招承。一连乱了三日，没些影响，县尉没做道理处。此时钟明、钟亮拚却私财，上下使用，缉捕、使臣都得了贿赂，又将白银二百两，央使臣转送县尉，教他阁起这宗公事。幸得县尉性贪，又听得使臣说道，录事衙里替他打点。只疑道："那边先到了录事之手，我也落得放松，做个人情。"收受了银子，假意立限与使臣缉访。过了一月两月，把这事都放慢了。正是官无三日紧，又道是有钱使得鬼推磨。不在话下。

话分两头。再表江西洪州，有个术士。此人善识天文，精通相术。白虹贯日，便知易水奸谋；宝气腾空，预辨丰城神物。决班超封侯之贵，刻邓通饿死之期。殃祥有准半神仙，占候无差高术士。这术士唤做廖生，预知唐季将乱，隐于松门山中。忽一日夜坐，望见斗、牛之墟，隐隐有龙文五采，知是王气。算来该是钱塘分野，特地收拾行囊，来游钱塘。再占云气，却又在临安地面。乃装做相士，隐于临安市上。每日市中人求相者甚多，都是等闲之辈，并无异人在外。忽然想起："录事钟起，是我故友，何不去见他？"即忙到录事衙中通名。钟起知是故人廖生到此，倒屣而迎。相见礼毕，各叙寒温。钟起叩其来意，廖生屏去从人，私向钟起耳边说道："不肖夜来望气，知有异人在于贵县。求之市中数日，杳不可得。看足下尊相，虽然贵显，未足以当此也。"钟起乃召明、亮二子，求他一看。廖生道："骨法皆贵，然不过人臣之位。所谓异人，上应着斗、牛间王气，惟天子足以当之，最下亦得五霸、诸侯，方应其兆耳。"钟起乃留廖生在衙中过宿。

次日，钟起只说县中有疑难事，欲共商议。备下酒席在吴山寺中，悉召本县有名目的豪杰来会，令廖生背地里一个个看过。其中贵贱不一，皆不足以当大贵之兆。当日席散，钟起再邀廖生到衙。欲待来日，更搜寻乡村豪杰，教他饱看。此时天色将晚，二人并马而回。

却说钱婆留在家，已守过三个月无事，喜欢无限。想起二钟救命之恩，大着胆，来到县前。闻得钟起在吴山寺宴会，悄地到他衙中，要寻二钟兄弟拜谢。钟明、钟亮知是婆留相访，乘着父亲不在，慌忙出来相迎聚话。忽听得马铃声响，钟起回来了。婆留望见了钟起，唬得心头乱跳，低着头，望外只顾跑。钟起问："是甚人？"喝教拿下。廖生急忙向钟起说道："奇哉，怪哉！所言异人，乃应在此人身上，不可慢之。"钟起素信廖生之术，便改口教人："好好请来相见。"婆留只得转来。钟起问其姓名，婆留好像泥塑木雕的，那里敢说！钟起焦燥，乃唤两个儿子问："此人何姓何名？住居何处？缘何你与他相识？"钟明料瞒不过，只得说道："此人姓钱，小名婆留，乃临安里人。"钟起大笑一声，扯

着廖生背地说道："先生错矣！此乃里中无赖子，目下幸逃法网，安望富贵乎？"廖生道："我已决定不差。足下父子之贵，皆因此人而得。"乃向婆留说道："你骨法非常，必当大贵，光前耀后！愿好生自爱。"又向钟起说道："我所以访求异人者，非贪图日后挈带富贵，正欲验我术法神耳。从此更十年，吾言必验，足下识之。只今日相别，后会未可知也。"说罢，飘然而去。钟起才信道婆留是个异人，钟明、钟亮又将戚汉老家所见蜥蜴生角之事，对父亲述之，愈加骇然。当晚，钟起便教儿子留款婆留。劝他："勤学枪棒，不可务外为非，致损声名。家中乏钱使用，我当相助。"由此钟明、钟亮仍旧与婆留往来不绝，比前更加亲密。有诗为证：

堪嗟豪杰混风尘，谁向贫穷识异人？

只为廖生能具眼，顿令录事款嘉宾。

话说唐僖宗乾符二年，黄巢兵起，攻掠浙东地方。杭州刺史董昌，出下募兵榜文。钟起闻知此信，对儿子说道："即今黄寇猖獗，兵锋至近，刺史募乡勇杀贼。此乃壮士立功之秋，何不劝钱婆留一去？"钟明、钟亮道："儿辈皆愿同他立功。"钟起欢喜。当下请到婆留，将此情对他说了。婆留磨拳撑掌，踊跃愿行。一应衣甲、器仗，都是钟起支持；又将银二十两，助婆留为安家之费。改名钱镠，表字具美，取"留""镠"二音相同故也。三人辞家上路，直到杭州，见了刺史董昌。董昌见他器岸魁梧，试其武艺，果然熟闲，不胜之喜。皆署为裨将，军前听用。

不一日，探子报道："黄巢兵数万，将犯临安，望相公策应。"董昌就假钱镠以兵马使之职，使领兵往救。问道："此行用兵几何？"钱镠答道："将在谋不在勇，兵贵精不贵多。愿得二钟为助，兵三百人足矣。"董昌即命钱镠于本州军伍，自行挑选三百人，同钟明、钟亮率领，望临安进发。

到石鉴镇，探听贼兵离镇止十五里。钱镠与二钟商议道："我兵少，贼兵多；只可智取，不可力敌，宜出奇兵应之。"乃选弓弩手二十名，自家率领，多带良箭，伏山谷险要之处。先差炮手二人，伏于贼兵来路；一等贼兵过险，放炮为号，二十张强弓，一齐射之。钟明、钟亮各引一百人左右埋伏，准备策应。余兵散布山谷，扬旗呐喊，以助兵势。

分拨已定，黄巢兵早到。原来石鉴镇山路险隘，止容一人一骑。贼先锋率前队兵度险，皆单骑鱼贯而过。

忽听得一声炮响，二十张劲弩齐发。贼人大惊，正不知多少人马。贼先锋身穿红锦袍，手执方天画戟，领插令字旗，跨一匹瓜黄战马，正扬威耀武而来；却被弩箭中了颈项，倒身颠下马来。贼兵大乱。钟明、钟亮引着二百人，呼风喝势，两头杀出。贼兵着忙，又听得四围呐喊不绝，正不知多少军马，自相蹂踏。斩首五百余级，余贼溃散。

钱镠全胜了一阵，想道："此乃侥幸之计，可一用不可再也。若贼兵大至，三百人皆为齑粉矣。"此去三十里外，有一村，名八百里。引兵屯于彼处。乃对道旁一老媪说道："若有人问你临安兵的消息，但言屯八百里就是。"

却说黄巢听得前队在石鉴镇失利，统领大军，弥山蔽野而来。到得镇上，不见一个官军，遣人四下搜寻居民问信。少停，拿得老媪到来。问道："临安军在那里？"老媪答道："屯八百里。"再三问时，只是说："屯八百里。"黄巢不知"八百里"是地名，只道官军四集，屯了八百里路之远。乃叹道："向者二十弓弩手，尚然敌他不过，况八百里屯兵乎？杭州不可得也！"于是贼兵不敢停石鉴镇上，径望越州一路而去。临安赖以保全。

有诗为证：

> 能将少卒胜多人，良将机谋妙若神。
>
> 三百兵屯八百里，贼军骇散息烽尘。

再说越州观察使刘汉宏，听得黄巢兵到，一时不曾做得准备。乃遣人打话情愿多将金帛犒军，求免攻掠。黄巢受其金帛，亦径过越州而去。原来刘汉宏先为杭州刺史，董昌在他手下做裨将，充募兵使。因平了叛贼王郢之乱，董昌有功，就升做杭州刺史，刘汉宏却升做越州观察使。汉宏因董昌在他手下出身，屡屡欺侮；董昌不能堪，渐生嫌隙。今日巢贼经过越州，虽然不曾杀掠，却费了许多金帛；访知杭州到被董昌得胜报功，心中愈加不平。有门下宾客沈苛献计道："临安退贼之功，皆赖兵马使钱镠用谋取胜。闻得钱镠智勇足备，明公若驰咫尺之书，厚具礼币，只说越州贼寇未平，向董昌借钱镠来此征剿。哄得钱镠到此，或优待以结其心，或寻事以斩其首。董昌割去右臂，无能为矣。方今朝政颠倒，宦官弄权，官家威令不行。天下英雄，皆有割据一方之意。若吞并董昌，奄有杭、越，此霸王之业也。"刘汉宏为人，志广才疏；这一席话，正投其机。以手抚沈苛之背，连声赞道："吾心腹人所见极明。妙哉，妙哉！”即忙修书一封：“汉宏再拜，奉书于故人董公麾下：顷者巢贼猖獗，越州兵微将寡，难以备御。闻麾下有兵马使钱镠，谋能料敌，勇称冠军。今贵州已平，乞念唇齿之义，遣镠前来，协力拒贼，事定之后，功归麾下。聊具金甲一副，名马二匹，权表微忱，伏乞笑纳。”

原来董昌也有心疑忌刘汉宏，先期差人打听越州事情，已知黄巢兵退。如今书上反说巢寇猖獗，其中必有缘故。即请钱镠来商议。钱镠道：“明公与刘观察隙嫌已构，此不两立之势也。闻刘观察自托帝王之胄，欲图非望。巢贼在境不发兵相拒，乃以金帛买和，其意不测。明公若假精兵二千付镠，声言相助。汉宏无谋，必欣然见纳。乘便图之，越州可一举而定。于是表奏朝廷，坐汉宏以和贼谋叛之罪。朝廷方事姑息，必重奖明公之功。明公勋垂于竹帛，身安于泰山，岂非万全之策乎？”董昌欣然从之。即打发回书，着来使先去。随后发精兵二千，付与钱镠。临行嘱道：“此去见机而作，小心在意。”

却说刘汉宏接了回书，知道董昌已遣钱镠到来，不胜之喜！便与宾客沈苛商议。沈苛道：“钱镠所领二千人，皆胜兵也。若纵之入城，实为难制。今俟其未来，预令人迎之，使屯兵于城外，独召钱镠相见。彼既无羽翼，惟吾所制。然后遣将代领其兵，厚加恩劳，使倒戈以袭杭州。疾雷不及掩耳，董昌可克矣。"刘汉宏又赞道："吾心腹人所见极明。妙哉，妙哉！"即命沈苛出城，迎候钱镠。不在话下。

再说钱镠领了二千军马，来到越州城外。沈苛迎住，相见礼毕，沈苛道："奉观察之命：城中狭小，不能容客兵，权于城外屯札；单请将军入城相会。"钱镠已知刘汉宏掇赚之计，便将计就计，假意发怒道："钱某本一介匹夫，荷察使不嫌愚贱，厚币相招。某感察使知己之恩，愿以肝脑相报。董刺史与察使外亲内忌，不欲某来；又只肯发兵五百人。某再三勉强，方许二千之数。某挑选精壮，一可当百，特来辅助察使，成百世之功业。察使不念某勤劳，亲行犒劳；乃安坐城中，呼某相见，如呼下隶，此非敬贤之道！某便引兵而回，不愿见察使矣。"说罢，仰面叹云："钱某一片壮心，可惜，可惜！"沈苛只认是真心，慌忙收科道："将军休要错怪，观察实不知将军心事。容某进城对观察说知，必当亲自劳军，与将军相见。"说罢，飞马入城去了。钱镠分付手下心腹将校：如此如此。各人暗做准备。

　　且说刘汉宏听沈苛回话，信以为然。乃杀牛宰马，大发刍粮，为犒军之礼。旌旗鼓乐前导，直到北门外馆驿中坐下，等待钱镠入见，指望他行偏裨见主将之礼。谁知钱镠领着心腹二十余人，昂然而入。对着刘汉宏拱手道："小将甲胄在身，恕不下拜了。"气得刘汉宏面如土色。沈苛自觉失信，满脸通红，上前发怒道："将军差矣！常言军有头，将有主。尊卑上下，古之常礼。董刺史命将军来与观察助力，将军便是观察麾下之人；况董刺史出身观察门下，尚然不敢与观察敌体，将军如此倨傲，岂小觑我越州无军马乎？"说声未绝，只见钱镠大喝道："无名小子，敢来饶舌。"将头巾望上一抻，二十余人，一齐发作。说时迟，那时快，钱镠拔出佩剑，沈苛不曾防备，一刀剁下头来。刘汉宏望馆驿后便跑。手下跟随的，约有百余人，一齐上前，来拿钱镠。怎当钱镠神威雄猛，如砍瓜切菜，杀散众人，径往馆驿后园来寻刘汉宏，并无踪迹。只见土墙上缺了一角，已知爬墙去了。钱镠懊悔不迭，率领二千军众，便想攻打越州。看见城中已有准备，自己后军无继，孤掌难鸣；只得拨转旗头，重回旧路。城中刘汉宏闻知钱镠回军，即忙点精兵五千，差骁将陆萃为先锋，自引大军，随后追袭。

　　却说钱镠也料定越州军马必来追赶，昼夜兼行。来到白龙山下，忽听得一棒锣声，山中拥出二百余人，一字儿拨开。为头一个好汉，生得如何？怎生打扮：

　　　　一头裹金线唐巾，身穿绿锦衲袄。腰拴搭膊，脚套皮靴。挂一副弓箭袋，拿一柄泼风刀。生得浓眉大眼，紫面拳须。私商船上有名人，厮杀场中无敌手。

　　钱镠出马，上前观看。那好汉见了钱镠，撇下刀，纳头便拜。钱镠认得是贩盐为盗的顾三郎，名唤顾全武，乃滚鞍下马，扶起道："三郎，久别！如何却在此处？"顾全武道："自蒙大郎活命之恩，无门可补报。闻得黄巢兵到，欲待倡率义兵，保护地方，就便与大郎相会。后闻大郎破贼成功，为朝廷命官；又闻得往越州刘观察处效用。不才聚起盐徒二百余人，正要到彼相寻帮助，何期此地相会？不知大郎回兵，为何如此之速？"钱镠把刘汉宏事情，备细说了一遍。便道："今日天幸得遇三郎，正有相烦之处。小弟算定刘汉宏必来追赶，因此连夜而行。他自恃先达，不以董刺史为意。又杭州是他旧治，追赶不着，必然直趋杭州，与董家索斗。三郎率领二百人，暂住白龙山下，待他兵过，可行诈降之

计。若兵临杭州，只看小弟出兵迎敌，三郎从中而起，汉宏可斩也。若斩了汉宏，便是你进身之阶。小弟在董刺史前一力保荐，前程万里！不可有误。"顾全武道："大郎分付，无有不依。"两人相别，各自去了。正是：

太平处处皆生意，衰乱时时尽杀机。

我正算人人算我，战场能得几人归？

却说刘汉宏引兵追到越州界口，先锋陆萃探知钱镠星夜走回，来禀汉宏回军。汉宏大怒道："钱镠小卒，吾为所侮，有何面目回见本州百姓！杭州吾旧时管辖之地，董昌吾所荐拔；吾今亲自引兵到彼，务要董昌杀了钱镠，输情服罪，方可恕饶。不然，誓不为人！"当下喝退陆萃，传令起程，向杭州进发。行至富阳白龙山下，忽然一棒锣声，涌出二百余人，一字儿摆开。为头一个好汉，手执大刀，甚是凶勇。汉宏吃了一惊，正欲迎敌。只见那汉约住刀头，厉声问道："来将可是越州刘察使么？"汉宏回言："正是。"那好汉慌忙撇刀在地，拜伏马前，道："小人等候久矣。"刘汉宏问其来意。那汉道："小人姓顾，名全武，乃临安县人氏。因贩卖私盐，被州县访名擒捉，小人一向在江湖上逃命。近闻同伙兄弟钱镠出头做官，小人特往投奔。何期他妒贤嫉

能，贵而忘贱，不相容纳，只得借白龙山权住落草。昨日钱镠到此经过，小人便欲杀之。争奈手下众寡不敌，怕不了事。闻此人得罪于察使，小人愿为前部，少效犬马之劳。"刘汉宏大喜！便教顾全武代了陆萃之职，分兵一千前行。陆萃改作后哨。

不一日，来到杭州城下。此时钱镠已见过董昌，预作准备。闻越州兵已到，董昌亲到城楼上，叫道："下官与察使同为朝廷命官，各守一方。下官并不敢得罪察使，不知到此何事？"刘汉宏大骂道："你这背恩忘义之贼！若早识时务，斩了钱镠，献出首级，免动干戈。"董昌道："察使休怒，钱镠自来告罪了。"只见城门开处，一军飞奔出来，来将正是钱镠。左有钟明，右有钟亮，径冲入敌阵，要拿刘汉宏。汉宏着了忙，急叫："先锋何在？"旁边一将应声道："先锋在此！"手起刀落，斩汉宏于马下。把刀一招，钱镠直杀入阵来，大呼："降者免死！"五千人不战而降，陆萃自刎而亡。斩汉宏者，乃顾全武也。正是：

> 有谋无勇堪资画，有勇无谋易丧生。

> 必竟有谋兼有勇，仁看百战百成功。

董昌看见斩了刘汉宏，大开城门收军。钱镠引顾全武见了董昌，董昌大喜！即将汉宏罪状申奏朝廷，并列钱镠以下诸将功次。那时朝廷多事，不暇究问，乃升董昌为越州观察使，就代刘汉宏之位；钱镠为杭州刺史，就代董昌之位；钟明、钟亮及顾全武俱有官爵。钟起将亲女嫁与钱镠为夫人。董昌移镇越州，将杭州让与钱镠。钱公、钱母都来杭州居住，一门荣贵，自不必说。

却说临安县有个农民，在天目山下锄田，锄起一片小小石碑，镌得有字几行。农民不识，把与村中学究罗平看之。罗学究拭土辨认，乃是四句谶语。道是：

天目山垂两乳长，龙飞凤舞到钱塘。

海门一点巽峰起，五百年间出帝王。

后面又镌"晋郭璞记"四字。罗学究以为奇货，留在家中。次日，怀了石碑，走到杭州府，献与钱镠刺史，密陈天命。钱镠看了，大怒道："匹夫造言欺我？合当斩首！"罗学究再三苦求，方免。喝教乱棒打出，其碑就庭中毁碎。原来钱镠已知此是吉谶，合应在自己身上。只恐声扬于外，故意不信。乃见他心机周密处。

再说罗学究被打，深恨刺史无礼，好意反成恶意。心生一计，"不若将此碑献与越州董观察，定有好处。"想："此碑虽然毁碎，尚可凑看。"乃私赂守门吏卒，在庭中拾将出来。原来只破作三块，将字迹凑合，一毫不损。罗平心中大喜，依旧包裹石碑，取路到越州去。行了二日，路上忽逢一簇人，攒拥着一个十二三岁的孩儿。那孩子手中提着一个竹笼，笼外覆着布幕，内中养着一只小小翠鸟。罗平挨身上前，问其缘故。众人道："这小鸟儿，又非鹦哥，又非鸲鹆，却会说话。我们要问这孩子买他玩耍，还了他一贯足钱，还不肯。"话声未绝，只见那小鸟儿，将头颠两颠，连声道："皇帝董！皇帝董！"罗平问道："这小鸟儿还是天生会话？还是教成的？"孩子道："我爹在乡里砍柴，听得树上说话，却是这畜生。将栖竿栖得来，是天生会话的。"罗平道："我与你两贯足钱，卖与我罢。"孩子得了两贯钱，欢欢喜喜的去了。罗平捉了鸟笼，急急赶路。

不一日，来到越州，口称有机密事，要见察使。董昌唤进，屏开从人，正要问时，那小鸟儿又在笼中叫道："皇帝董！皇帝董！"董昌大惊！问道："此何鸟也？"罗平道："此鸟不知名色，天生会话，宜呼曰'灵鸟'。"因于怀中取出石碑，备陈来历："自晋初至今，正合五百之数。方今天子微弱，唐运将终。梁、晋二王，互相争杀。天下英雄，皆有割据一方之意。钱塘原是察使创业之地，灵碑之出，非无因也。况灵鸟吉祥，明示天命。察使先破黄巢，再斩汉宏，威名方盛，远近震悚。若乘此机会，用越、杭之众，兼并两浙。上可以窥中原，下亦不失为孙仲谋矣。"原来董昌见天下纷乱，久有图霸之意；听了这一席话，大喜道："足下远来，殆天赐我立功也。事成之日，即以本州观察相酬。"于是拜罗平为军师，招集兵马；又于民间科敛，以充粮饷。命巧匠制就金丝笼子，安放"灵鸟"，外用蜀锦为衣罩之。又写密书一封，差人送到杭州钱镠，教他募兵听用。

钱镠见书，大惊道："董昌反矣。"乃密表奏朝廷。朝廷即拜钱镠为苏、杭等州观察。于是钱镠更造杭城，自秦望山至于范浦，周围七十里。再奉表闻，加镇海军节度使，封开国公。董昌闻知朝廷累加钱镠官爵，心中大怒，骂道："贼狗奴，敢卖吾得官耶？吾先取杭州，以泄吾恨。"罗平谏道："钱镠异志未彰，且新膺庞命，讨之无名。不若诈称朝命，先正王位。然后以尊临卑，平定睦州，广其兵势。假道于杭，以临湖州。待钱镠不从，乘间图之；若出兵相助，是明公不战而得杭州矣。又何求乎？"董昌依其言，乃假装朝廷诏命，封董昌为越王之职，使专制两浙诸路军马，旗帜上都换了越王字号。又将灵碑及灵鸟宣示州中百姓，使知天意。民间三丁抽一，得兵五万，号称十万，浩浩荡荡，杀奔睦州来。睦州无备，被董昌攻破了。停兵月余，改换官吏；又选得精兵三万人，军威甚盛。自谓天下无敌，谋称越帝。征兵杭州，欲攻湖州。钱镠道："越兵正锐，不可当也，不如迎之。待其兵顿湖州，遂乘其弊，无不胜矣。"于是先遣钟明卑词犒师，续后亲领五千军马，愿为前部自效。董昌大喜！行了数日，钱镠伪称有疾，暂留途中养病。董昌更不疑惑，催兵先进。有诗为证：

> 勾践当年欲綦吴，卑辞厚礼破姑苏。

> 董昌不识钱镠意，犹恃兵威下太湖。

却说钱镠打听越州兵去远，乃引兵而归。挑选精兵千人，假做越州军旗号，遣顾全武为先锋，来袭越州。又分付钟明、钟亮，各引精兵五百，潜屯余杭之境。分付："不可妄动。直待董昌还救越州时节，兵从此过，然后自后掩袭。他无心恋战，必获全胜。"分拨已定，乃对宾客钟起道："守城之事，专以相委。越州乃董贼巢穴，吾当亲往观变。若巢穴既破，董昌必然授首无疑矣。"乃自引精兵二千，接应顾全武军马。

却说顾全武打了越州兵旗号，一路并无阻碍，直到越州城下。只说催趱攻城火器，赚开城门。顾全武大喝道："董昌僭号，背叛朝廷。钱节使奉诏来讨，大军十万已在城外矣。"越州城中军将，都被董昌带去，留的都是老弱，谁敢拒敌？顾全武径入府中，将伪世子董荣及一门老幼三百余人，拘于一室，分兵守之。恰好杭州大军已到，闻知顾全武得了城池，整军而入，秋毫无犯。顾全武迎钱镠入府。出榜安民已定，写书一封，遣人往董昌军中投递。书曰：

  镠闻：天无二日，土无二王。今唐运虽衰，天命未改。而足下妄自矜大，僭号称兵。凡为唐臣，谁不愤疾？镠迫于公义，辄遣副将顾全武率兵讨逆。兵声所至，越人倒戈。足下全家，尽已就缚。若能见机伏罪，尚可全活。乞早自裁，以救一家之命。

  却说董昌攻打湖州不下，正在帐中纳闷。又听得灵鸟叫声："皇帝董，皇帝董！"董昌揭起锦罩看时，一个眼花，不见灵鸟，只见一个血淋淋的人头，在金丝笼内挂着。认得是刘汉宏的面庞，唬得魂不附体，大叫一声，蓦然倒地。众将急来救醒，定睛半晌，再看笼子内，都是点点血迹，果然没了灵鸟。董昌心中大恶，急召罗军师商议，告知其事。问道："主何吉凶？"罗平心知不祥之兆，不敢直言，乃说道："大越帝业，因斩刘汉宏而起。今汉宏头现，此乃克敌之征也。"说犹未了，报道："杭州差人下书。"董昌拆开看时，知道越州已破，这一惊非小。罗平道："兵家虚虚实实，未可尽信。钱镠托病回兵，必有异谋，故造言以煽惑军心，明公休得自失主张。"董昌道："虽则真伪未定，亦当回军，还顾根本。"罗平叫将来使斩讫，恐泄漏消息。再教传令："并力攻城！"使城中不疑，夜间好办走路。是日，攻打湖州，至晚方歇。捱到二更时分，拔寨都起。骁将薛明、徐福各引一万人马先行，董昌中军随后进发，却将睦州带来的三万军马，与罗平断后。湖州城中见军马已退，恐有诡计，不敢追袭。

且说徐、薛二将，引兵昼夜兼行，早到余杭山下。正欲埋锅造饭，忽听得山凹里连珠炮响，鼓角齐鸣，钟明、钟亮两枝人马，左右杀将出来。薛明接住钟明厮杀，徐福接住钟亮厮杀。徐、薛二将，虽然英勇，争奈军心惶惑，都无心恋战；且昼夜奔走，俱已疲倦，怎当虎狼般这两枝生力军？自古道："兵离将败。"薛明看见军伍散乱，心中着忙，措手不迭，被钟明斩于马下。拍马来夹攻徐福，徐福敌不得二将，亦被钟亮斩之。众军都弃甲投降。二钟商议道："越兵前部虽败，董昌大军随后即至，众寡不敌。不若分兵埋伏，待其兵已过去，从后击之。彼知前部有失，必然心忙思审，然后可获全胜矣。"当下商量已定，将投降军众纵去，使报董昌消息。

却说董昌大军正行之际，只见败军纷纷而至。报道："徐、薛二将，俱已阵亡。"董昌心胆俱裂，只得抖擞精神，麾兵而进。过了余杭山下，不见敌军，正在疑虑。只听后面连珠炮响，两路伏兵齐起，正不知多少人马！越州兵争先逃命，自相蹂踏，死者不计其数。直奔了五十余里，方才得脱。收拾败军，三停又折一停，只等罗平后军消息。谁知睦州兵虽然跟随董昌，心中不顺。今日见他回军，几个裨将商议，杀了罗平，将首级向二钟处纳降，并力来追董昌。董昌闻了此信，不敢走杭州大路，打宽转打从临安、桐庐一路而行。

这里钱镠早已算定：预先取钟起来守越州，自起兵回杭州，等候董昌。却教顾全武领一千人马，在临安山险处埋伏，以防审逸。董昌行到临安，军无队伍。正当爬山过险，却不提防顾全武一枝军冲出。当先顾全武一骑马，一把刀，横行直撞，逢人便杀，大喝："降者免死！"军士都拜伏于地，那个不要性命的，敢来交锋？

董昌见时势不好，脱去金盔、金甲，逃往村农家逃难，被村中绑缚献出。顾全武想道："越兵虽降，其势甚众，怕有不测。"一刀割了董昌首级，以绝越兵之意。重赏村农。正欲下寨歇息，忽听得山凹中鼓角震天。尘头起处，军马无数而来。顾全武道："此必越州军后队也。"绰刀上马，准备迎敌。马头近处，那边拥出二员大将，不是别人，正是钟明、钟亮，为追赶董昌到此。三人下马相见，各叙功勋。是晚，同下寨于临安地方。次日，拔寨都起。行了二日，正迎着钱镠军马。

原来钱镠哨探得董昌打从临安远转，怕顾全武不能了事，自起大军来接应。已知两路人马，都已成功，合兵回杭州城来。真个是：

喜孜孜鞭敲金镫响，笑吟吟齐唱凯歌回。

顾全武献董昌首级，二钟献薛明、徐福、罗平首级。钱镠传令：向越州监中取董昌家属三百口，尽行诛戮，写表报捷，此乃唐昭宗皇帝乾宁四年也。

那时中原多事，吴越地远，朝廷力不能及。闻钱镠讨叛成功，上表申奏，大加叹赏。锡以铁券、诰命，封为上柱国、彭城郡王，加中书令。未几，进封越王。又改封吴王。润、越等十四州，得专封拜。此时钱镠志

得意满，在杭州起造王府宫殿，极其壮丽。父亲钱公已故，钱母尚存，奉养宫中；锦衣玉食，自不必说。钟氏册封王妃；钟起为国相，同理政事；钟明、钟亮及顾全武俱为各州观察使之职。

其年大水，江潮涨溢，城垣都被冲击。乃大起人夫，筑捍海塘，累月不就。钱镠亲往督工，见江涛汹涌，难以施功。钱镠大怒，喝道："何物江神？敢逆吾意！"命强弩数百，一齐对潮头射去，波浪顿然敛息。不勾数日，捍海塘筑完，命其门曰候潮门。

钱镠叹道："闻古人有云：富贵不归故乡，如衣锦夜行耳。"乃择日往临安，展拜祖父坟茔，用太牢祭享。旌旗鼓吹，振耀山谷。改临安县为衣锦军，石鉴山名为衣锦山。用锦绣为被，蒙覆石镜，设兵看守，不许人私看。初时所坐大石，封为衣锦石；大树封为衣锦将军，亦用锦绣遮缠。风雨毁坏，更换新锦。旧时所居之地，号为衣锦里，建造牌坊。贩盐的担儿，也裁个锦囊韬之，供养在旧居堂屋之内，以示不忘本之意。杀牛宰马，大排筵席，遍召里中故旧。不拘男妇，都来宴会。其时，有一邻妪，年九十余岁，手提一壶白酒，一盘角黍，迎着钱镠，呵呵大笑，说道："钱婆留今日直恁长进，可喜，可喜！"左右正欲么喝，钱镠道："休得惊动了他。"慌忙拜倒在地，谢道："当初若非王婆相救，留此一命，怎有今日？"王婆扶起钱镠，将白酒满斟一瓯送到，钱镠一饮而尽；又将角黍供去，镠亦啖之。说道："钱婆留今日有得吃，不劳王婆费心，老人家好去自在。"命县令拨里中肥田百亩，为王婆养终之资。王婆称谢而去。

只见里中男妇毕集，见了钱镠蟒衣玉带，天人般妆束，一齐下跪。钱镠扶起，都教坐了，亲自执觞送酒。八十岁以上者，饮金杯；百岁者，饮玉杯。那时饮玉杯者，也有十余人。钱镠送酒毕，自起歌曰：

> 三节还乡挂锦衣，吴越一王驷马归。

> 天明明兮爱日挥，百岁荏兮会时稀。

父老皆是村民，不解其意，面面相觑，都不做声。钱镠觉他意不欢畅，乃改为吴音再歌。歌曰：

> 你辈见侬底欢喜，别是一般滋味子。

> 长在我侬心子里，我侬断不忘记你。

歌罢，举座欢笑，都拍手齐和。是日，尽欢而罢。明日又会，如此三日，各各有绢帛赏赐。开赌场的戚汉老已故，召其家，厚赐之。仍归杭州。

　　后唐王禅位于梁，梁王朱全忠改元开平，封钱镠为吴越王，寻授天下兵马都元帅。钱镠虽受王封，其实与皇帝行动不殊，一般出警入跸，山呼万岁。据欧阳公《五代史》叙说，吴越亦曾称帝改元，至今杭州各寺院有天宝、宝大、宝正等年号，皆吴越所称也。自钱镠王吴越，终身无邻国侵扰，享年八十有一而终，谥曰武肃。传子元瓘，元瓘传子佐，佐传弟俶。宋太祖陈桥受禅之后，钱俶来朝。到宋太宗嗣位，钱俶纳土归朝，改封邓王。钱氏独霸吴越凡九十八年，天目山石碑之谶，应于此矣。后人有诗赞云：

> 将相本无种，帝王自有真。
>
> 昔年盐盗辈，今日锦衣人。
>
> 石鉴呈形异，廖生决相神。
>
> 笑他皇帝董，碑谶枉残身。

第十九卷　木绵庵郑虎臣报冤

荷花桂子不胜悲，江介年华忆昔时。

天目山来孤凤歇，海门潮去六龙移。

贾充误世终无策，庾信哀时尚有词。

莫向中原夸绝景，西湖遗恨是西施。

这一首诗是张志远所作。只为宋朝南渡以后，绍兴、淳熙年间息兵罢战，君相自谓太平，纵情佚乐，士大夫赏玩湖山，无复恢复中原之志，所以末一联诗说道："莫向中原夸绝景，西湖遗恨是西施。"那时，西湖有三秋桂子，十里荷香，青山四围，中涵绿水，金碧楼台相间，说不尽许多景致。苏东坡学士有诗云："欲把西湖比西子，淡妆浓抹两相宜。"因此群臣耽山水之乐，忘社稷之忧，恰如吴宫被西施迷惑一般。

当初吴王夫差宠幸一个妃子，名曰西施，日逐在百花洲、锦帆泾、姑苏台，流连玩赏。其时有个佞臣伯嚭，逢君之恶，劝他穷奢极欲，诛戮忠臣，以致越兵来袭，国破身亡。今日宋朝南渡之后，虽然夷势猖獗，中原人心不忘赵氏，尚可乘机恢复，也只为听用了几个奸臣，盘荒懈惰，以致于亡。那几个奸臣？秦桧、韩侂胄、史弥远、贾似道。秦桧居相位一十九年，力主和议，杀害岳飞，解散张、韩、刘诸将兵柄。韩侂胄居相位一十四年，陷害了赵汝愚丞相，罢黜道学诸臣，轻开边衅，辱国殃民。史弥远在相位二十六年，谋害了济王竑，专任憸壬以居台谏，一时正人君子，贬斥殆尽。那时蒙古盛强，天变屡见，宋朝事势已去了七八了。也是天数当尽，又生出个贾似道来，他在相位一十五年，专一蒙蔽朝廷，偷安肆乐；后来虽贬官黜爵，死于木绵庵，不救亡国之祸。有诗为证：

奸邪自古误人多，无奈君王轻信何！

朝论若分忠佞字，太平玉烛永调和。

话说南宋宁宗皇帝嘉定年间，浙江台州一个官人，姓贾，名涉。因往临安府听选，一主一仆，行至钱塘，地名叫做凤口里。行路饥渴，偶来一个村家歇脚，打

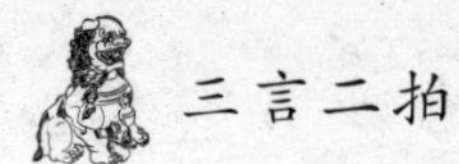

个中火。那人家竹篱茅舍，甚是荒凉。贾涉叫声："有人么？"只见芦帘开处，走个妇人出来。那妇人生得何如？

> 面如满月，发若乌云，薄施脂粉，尽有容颜，不学妖娆，自然丰韵。鲜眸玉腕，生成福相端严；裙布钗荆，任是村妆希罕。分明美玉藏顽石，一似明珠坠堑渊。随他呆子也消魂，况是客边情易动。

那妇人见了贾涉，不慌不忙，深深道个万福。贾涉看那妇人是个福相，心下踌躇道："吾今壮年无子，若得此妇为妾，心满意足矣！"便对妇人说道："下官往京候选，顺路过此；欲求一饭，未审小娘子肯为炊爨否？自当奉谢。"那妇人笑道："奴家职在中馈，炊爨当然；况是尊官荣顾，敢不遵命？但丈夫不在，休嫌怠慢。"贾涉见他应对敏捷，愈加欢喜。

那妇人进去不多时，捧两碗熟豆汤出来，说道："村中乏茶，将就救渴。"少停，又摆出主仆两个的饭来。贾涉自带得有牛脯、干菜之类，取出嗄饭。那妇人又将大磁壶盛着滚汤，放在案上，道："尊官净口。"贾涉见他殷勤，便问道："小娘子尊姓？为何独居在此？"那妇人道："奴家胡氏，丈夫叫做王小四。因连年种田折本，家贫无奈，要同奴家去投靠一个财主过活。奴家立誓不从，丈夫拗奴不过，只得在左近人家趁工度日，奴家独自守屋。"贾涉道："下官有句不识进退的言语，未知可否？"那妇人道："但说不妨。"贾涉道："下官颇通相术，似小娘子这般才貌，决不是下贱之妇。你今屈身随着个村农，岂不担误终身？况你丈夫家道艰难，顾不得小娘子体面。下官壮年无子，正欲觅一侧室，小娘子若肯相从，情愿多将金帛，赠与贤夫，别谋婚娶，可不两便？"那妇人道："丈夫也曾几番要卖妾身，是妾不肯。既尊官有意见怜，待丈夫归时，尊官自与他说，妾不敢擅许。"说犹未了，只见那妇人指着门外道："丈夫回也。"

只见王小四戴一顶破头巾，披一件旧白布衫，吃得半醉，闯进门来。贾涉便起身道："下官是往京听选的，偶借此中火，甚是搅扰。"王小四答道："不妨事！"便对胡氏说道："主人家少个针线娘，我见你平日好手针线，对他说了。他要你去教导他女娘生活，先送我两贯足钱。这遍要你依我去去。"胡氏半倚着芦帘内外，答道："后生家脸皮，羞答答地，怎到人家去趁饭？不去，不去。"王小四发个喉急，便道："你不去时，我没处寻饭养你。"贾涉见他说话凑巧，便诈推解手，却分付家童将言语勾搭他道："大伯，你花枝般娘子，怎舍得他往别人家去？"王小四道："小哥，你不晓得我穷汉家事体。一日不识羞，三日不忍饿，却比不得大户人家，吃安闲茶饭。似此乔模乔样，委的我家住不了。"家童道："假如有个大户人家，肯出钱钞，讨你这位小娘子去，你舍得么？"王小四道："有甚舍不得！"家童道："只我家相公，要讨一房侧室。你若情愿时，我撺掇多把几贯钱钞与你。"王小四应允。家童将言语回复了贾涉。贾涉便教家童与王小四讲就四十两银子身价。王小四在村中央个教授来，写了卖妻文契，落了十字花押。一面将银子兑过，王小四收了银子，贾涉收了契书。王小四还只怕婆娘不肯，甜言劝谕。谁知那妇人与贾涉先有意了。也是天配姻缘，自然情投意合。

当晚，贾涉主仆二人，就在王小四家歇了。王小四也打铺在外间相伴。妇人自在里面铺上独宿。明早贾涉起身，催妇人梳洗完了，吃了早饭，央王小四在村中另雇生口驮那妇人，一路往临安去。有诗为证：

夫妻配偶是前缘，千里红绳暗自牵。

况是荣华封两国，村农岂得伴终年？

贾涉领了胡氏，住在临安寓所。约有半年，谒选得

九江万年县丞。迎接了孺人唐氏，一同到任。原来唐氏
为人妒悍，贾涉平昔有个惧内的毛病；今日唐氏见丈夫
娶了小老婆，不胜之怒，日逐在家淘气。又闻胡氏有了
三个月身孕，思想道："丈夫向来无子，若小贱人生子，
必然宠用，那时我就争他不过了；我就是养得出孩儿，
也让他做哥哥，日后要被他欺侮。不如及早除了祸根方
妙。"乃寻个事故，将胡氏毒打一顿，剥去衣衫，贬他
在使婢队里，一般烧茶煮饭，扫地揩台，铺床叠被。又
禁住丈夫，不许与他睡。每日寻事打骂，要想堕落他的
身孕。贾涉满肚子恶气，无可奈何。

　　一日，县宰陈履常请贾涉饮酒。贾涉与陈履常是同
府人，平素通家往来，相处得极好的。陈履常请得贾涉
到衙，饮酒中间，见他容颜不悦，叩其缘故。贾涉抵讳
不得，将家中妻子妒妾事情，细细告诉了一遍。又道：
"贾门宗嗣，全赖此妇。不知堂尊有何妙策，可以保全
此妾？倘日后育得一男，实为万幸，贾氏祖宗也当衔恩
于地下。"陈履常想了一会，便道："要保全却也容易，
只怕足下舍不得他离身。"贾涉道："左右如今也不容相
近，咫尺天涯一般，有甚舍不得处？"陈履常附耳低言：
"若要保全身孕，只除如此如此。"乃取红帛花一朵，悄

悄递与贾涉，教他把与胡氏为暗记。这个计策，就在这朵花上，后来便见。有诗为证：

吃醋捻酸从古有，覆宗绝嗣甘出丑。

红花定计有堂尊，巧妇怎出男子手？

忽一日，陈县宰打听得丞厅请医，云是唐孺人有微恙。待其病痊，乃备了四盒茶果之类，教奶奶到丞厅问安。唐孺人留之宽坐，整备小饭相款，诸婢罗侍在侧。说话中间，奶奶道："贵厅有许多女使伏侍，且是伶俐。寒舍苦于无人，要一个会答应的也没有，甚不方便。急切没寻得，若借得一个小娘子，与寒舍相帮几时，等讨得个替力的来，即便送还，何如？"唐氏道："通家怎说个'借'字？只怕粗婢不中用。奶奶看得如意，但凭选择，即当奉赠。"奶奶称谢了。看那诸婢中间，有一个生得齐整，鬓边正插着这朵红帛花，心知是胡氏，便指定了他，说道："借得此位小娘子，甚好。"唐氏正在吃醋，巴不得送他远远离身，却得此句言语，正合其意；加添县宰之势，丞厅怎敢不从？料道丈夫也难埋怨，连声答应道："这小婢姓胡，在我家也不多时。奶奶既中意时，即今便教他跟随奶奶去。"当时席散，奶奶告别。胡氏拜了唐氏四拜，收拾随身衣服，跟了奶奶轿子，到县衙去讫。唐氏方才对贾涉说知，贾涉故意叹惜。正是：

> 算得通时做得凶，将他瞒在鼓当中。
>
> 县衙此去方安稳，绝胜存孤赵氏宫。

胡氏到了县衙，奶奶将情节细说，另打扫个房铺与他安息。光阴似箭，不觉十月满足。到八月初八日，胡氏腹痛，产下一个孩儿。奶奶只说他婢所生，不使丞厅知道。那时贾涉适在他郡去检校一件公事，到九月方归。与县宰陈履常相见，陈公悄悄的报个喜信与他。贾涉感激不尽，对陈公说："要见新生的孩儿一面。"陈公教丫鬟去请胡氏立于帘内，丫鬟抱出小孩子，递与贾涉。贾涉抱了孩儿，心中虽然欢喜，觑着帘内，不觉堕下泪来。两下隔帘说了几句心腹话儿，胡氏教丫鬟接了孩子进去，贾涉自回。自此，背地里不时送些钱钞与胡氏买东买西。阖家通知，只瞒过唐氏一人。

光阴荏苒，不觉二载有余，那县宰任满升迁，要赴临安。贾涉只得将情告知唐氏，要领他母子回家。唐氏听说，一时乱将起来，聒噪个不住，连县宰的奶奶，也被他"奉承"了几句。乱到后面，定要丈夫将胡氏嫁出，方许把小孩子领回。贾涉听说嫁出胡氏一件，到也罢了；单只怕领回儿子，被唐氏故意谋害，或是绝其乳食，心下怀疑不决。

正在两难之际，忽然门上报道："台州有人相访。"贾涉忙去迎时，原来是亲兄贾濡。他为朝廷妙择良家女子，养育宫中，以备东宫嫔嫱之选，女儿贾氏玉华，已选入数内，贾濡思量要打刘八太尉的关节，扶持女儿上去，因此特到兄弟任所，与他商议。贾涉在临安听选时，赁的正是刘八太尉的房子，所以有旧。贾涉见了哥哥，心下想道："此来十分凑巧。"便将娶妾生子，并唐氏嫉妒事情，细细与贾濡说了。"如今陈公将次离任，把这小孩子没送一头处。哥哥若念贾门宗嗣，领他去养育成人，感恩非浅！"贾濡道："我今尚无子息，同气连枝，不是我领去，教谁看管？"贾涉大喜！私下雇了奶娘，问宰衙要了孩子，交付奶娘。嘱付哥哥好生抚养。就写了刘八太尉书信一封，赍发些路费，送哥哥贾濡起身。胡氏托与陈公领去，任从改嫁。那贾涉、胡氏虽然两不相舍，也是无可奈何。唐孺人听见丈夫说子母都发开，十分像意了。只是苦了胡氏，又去了小孩子，又离了丈夫，跟随陈县宰的上路，好生凄惨！一路只是悲哭。奶奶也劝解他不住，陈履常也厌烦起来。行至维扬，分付水手："就地方唤个媒婆，教他寻个主儿，把胡氏嫁去。只要对头老实忠厚，一分财礼也不要。"你说白送人老婆，那一个不肯上桩？不多时，媒婆领一个汉子到来，说是个细工石匠，夸他许多志诚老实。你说偌大一个维扬，难道寻不出个好对头？偏只有这石匠？是有个缘故。常言道：三姑六婆，嫌少争多。那媒婆最是爱钱的，多许了他几贯谢礼，就玉成其事了。石匠见了陈县宰，磕了四个头，站在一边。陈履常看他衣衫济楚，年力少壮，又是从不曾婚娶的；且有手艺，养得老婆过活，便将胡氏许他。石匠真个不费一钱，白白里领了胡氏去，成其夫妇，不在话下。

再说贾涉自从胡氏母子，两头分散，终日闷闷不乐。忽一日，唐孺人染病上床，服药不痊，呜呼哀哉，死了。贾涉买棺入殓已毕，弃官扶柩而回。到了故乡，一喜一悲：喜者是见那小孩子比前长大，悲者是胡氏嫁与他人，不得一见。正是：

花开遭雨打，雨止又花残。

世间无全美，看花几个欢？

却说贾家小孩子，长成七岁，聪明过人，读书过目成诵。父亲取名似道，表字师宪。贾似道到十五岁，无书不读，下笔成文。不幸父亲贾涉，伯伯贾濡，相继得病而亡。殡葬已过，自此无人拘管，恣意旷荡，呼卢六博，斗鸡走马，饮酒宿娼，无所不至。不勾四五年，把两分家私荡尽。初时听得家中说道嫡母胡氏嫁在维扬，为石匠之妻；姐姐贾玉华，选入宫中。思量："维扬路远，又且石匠手艺，没甚出产。闻得姐姐选入沂王府中，今沂王做了皇帝，宠一个妃子姓贾，不知是姐姐不是？且到京师，观其动静。"此时理宗端平初年，也是贾似道时运将至，合当发迹。将家中剩下家火，变卖几贯钱钞，收拾行李，径往临安。

那临安是天子建都之地，人山人海；况贾似道初到，并无半个相识，没处讨个消息，镇日只在湖上游荡。闲时，未免又在赌博场中顽耍，也不免平康巷中走走。不勾几日，行囊一空，衣衫蓝缕，只在西湖帮闲趁食。

一日醉倦，小憩于栖霞岭下，遇一个道人，布袍羽扇，从岭下经过。见了贾似道，站定脚头，瞪目看了半晌，说道："官人可自爱重，将来功名不在韩魏公之下。"那个韩魏公是韩蕲王讳世忠的，他位兼将相，夷夏钦仰，是何等样功名！古今有几个人及得他？贾似道闻此

言，只道是戏侮之谈，全不准信。那道人自去了。过了数日，贾似道在平康巷赵二妈家，酒后与人赌博相争，失足跌于阶下，磕损其额，血流满面。虽然没事，额上结下一个瘢痕。一日，在酒肆中又遇了前日的道人，顿足而叹，说道："可惜，可惜！天堂破损，虽然功名盖世，不得善终矣！"贾似道扯住道人衣服，问道："我果有功名之分？若得一日称心满意，就死何恨？但目今流落无依，怎得个遭际？富贵从何而来？"道人又看了气色，便道："滞色已开，只在三日内自有奇遇，平步登天。但官人得意之日，休与秀才作对。切记，切记！"说罢，道人自去了。贾似道半信不信。

看看捱到第三日，只见赌博场中的陈二郎来寻贾似道，对他说道："朝廷近日册立了贾贵妃，十分宠爱，言无不从。贾贵妃自言家住台州，特差刘八太尉往台州访问亲族。你时常说有个姐姐在宫中，莫非正是贵妃？特此报知。果有瓜葛，可去投刘八太尉，定有好处。"贾似道闻言，如梦初觉！想道："我父亲存日，常说曾在刘八太尉家作寓，往来甚厚；姐姐入宫近御，也亏刘八太尉扶持。一到临安，就该投奔他才是，却闲荡过许多日子，岂不好笑！虽然如此，我身上蓝缕，怎好去见刘八尉？”心生一计，在典铺里赁件新鲜衣服穿了，折一顶新头巾，大模大样，摇摆在刘八太尉府中去。自称：“故人之子台州姓贾的，有话求见。”

刘八太尉正待打点动身，往台州访问贾贵妃亲族。闻知此言，又只怕是冒名而来的，唤个心腹亲随先叩来历分明，方准相见。不一时亲随回话道：“是贾涉之子贾似道。”刘八太尉道：“快请来。”原来内相衙门，规矩最大，寻常只是呼唤而已，那个“请”字，也不容易说的，此乃是贵妃面上。当时贾似道见了刘八太尉，慌忙下拜。太尉虽然答礼，心下尚然怀疑。细细盘问，方知是实。留了茶饭，送在书馆中安宿。

次早入宫，报与贾贵妃知道。贵妃向理宗皇帝说了，宣似道入宫，与贵妃相见。说起家常，姐弟二人抱头而哭。贵妃引贾似道就在宫中见驾，哭道：“妾只有这个兄弟，无家无室，伏乞圣恩，重瞳看觑。”理宗御笔，除授籍田令。即命刘八太尉在临安城中，拨置甲第一区；又选宫中美女十人，赐为妻妾；黄金三千两，白金十万两，以备家资。似道谢恩已毕，同刘八太尉出宫去了。似道叮嘱刘八太尉道：“蒙圣恩赐我住宅，必须近西湖一带，方称下怀。”此时刘八太尉在贵妃面上，巴不得奉承贾似道，只拣湖上大宅院，自赔钱钞，倍价买来，与他做第宅。奴仆器用，色色皆备。

次日，宫中发出美女十名，贵妃又私赠金银宝玩器皿，共十余车。似道一朝富贵，将百金赏了陈二郎，谢了报信之故；又将百金赏赐典铺中，偿其赁衣。典铺中那里敢受？反备盛礼来贺喜。自此，贾贵妃不时宣召似道入宫相会。圣驾游湖，也时常幸其私第，或同饮博游戏，相待如家人一般，恩幸无比！似道恃着椒房之宠，全然不惜体面，每日或轿或马，出入诸名妓家。遇着中意时，不拘一五一十，总拉到西湖上与宾客乘舟游玩。若宾客众多，分船并进。另有小艇往来，载酒肴不绝。你说贾似道起自寒微，有甚宾客？有句古诗说得好，道是："贫贱亲戚离，富贵他人合。"贾似道做了国戚，朝廷恩宠日隆，那一个不趋奉他？只要一人进身，转相荐引，自然其门如市啊。文人如廖莹中、翁应龙、赵分如等，武臣如夏贵、孙虎臣等，这都是门客中出色有名的，其余不可尽述也。

一日，理宗皇帝游苑，登凤皇山。至夜，望见西湖内灯火辉煌，一片光明，向左右说道："此必贾似道也。"命飞骑探听，果然是似道游湖。天子对贵妃说了，又将金帛一车，赠为酒资。以此似道愈加肆恣，全无忌惮。
诗曰：

> 天子偷安无远猷，纵容贵戚恣遨游。

> 问他无赛西湖景，可是安边第一筹？

那时宋朝仗蒙古兵力，灭了金人。又听了赵范、赵葵之计，与蒙古构难，要守河据关，收复三京。蒙古引兵入寇，责我败盟，淮汉骚动，天子忧惶。贾似道自思："无功受宠，怎能勾超官进爵？"又恐被人弹议，"要立个盖世功名，以取大位，除非是安边荡寇，方是目前第一个大题目。"乃自荐素谙韬略，愿往淮扬招兵破贼，为天子保障东南。理宗大喜，遂封为两淮制置大使，建节淮扬。贾似道谢恩辞朝，携了妻妾宾客，来淮扬赴任。

三日后，密差门下心腹访问生母胡氏。果然跟个石匠，在广陵驿东首住居。访得亲切，回复了似道。似道即差轿马人夫摆着仪从去迎接。本衙门听事官率领人夫，向胡氏磕头，到把胡氏险些唬倒。听事官致了制使之命，方才心下安稳。胡氏道："身既从夫，不可自专。"急教人去寻石匠回家，对他说了。石匠也要跟去，胡氏不能阻当，只得同行。胡氏乘轿在前，石匠骑马在后，前呼后拥，来到制使府。似道请母亲进私衙相见，抱头而哭。算来母子分散时，似道止三岁，胡氏二十余岁，到今又三十多年了，方才会面相识，岂不伤感？似道闻得石匠也跟随到来，不好相见。即将白金三百两，差个心腹人伴他往江上兴贩。暗地授计，半途中将石匠灌醉，推坠江中，只将病死回报。胡氏也感伤了一场。自此母子团圆，永无牵带。

似道镇守淮扬六年，侥幸东南无事。天子因贵妃思想兄弟，乃钦取似道还朝，加同枢密院事。此时，丁大全罢相，吴潜代之。那吴潜号履斋，为人豪隽自喜，引进兄弟俱为显职。贾似道忌他位居己上，乃造成飞谣，教宫中小内侍于天子面前歌之。谣云：“大蜈公，小蜈公，尽是人间业毒虫。夤缘攀附百虫丛，若使飞天便食龙。”天子闻得，乃问似道云：“闻街坊小儿尽歌此谣，主何凶吉？”似道奏道：“谣言皆荧惑星化为小儿，教人间童子歌之，此乃天意，不可不察。‘蜈’与‘吴’同，以臣愚见推之，‘大蜈公，小蜈公’，乃指吴潜兄弟，专权乱国。若使养成其志，必为朝廷之害。陛下飞龙在天，故天意以食龙示警。为今之计，不若罢其相位，另择贤者居之，可以免咎。”天子听信了，即命翰林草制，贬吴潜循州安置，弟兄都削去官职。似道即代吴潜为右丞相，又差心腹人命循州知州刘宗申，日夜拾摭其短。吴潜被逼不过，伏毒而死。此乃似道狠毒处。

却说蒙古主蒙哥屯合州城下，遣太弟忽必烈，分兵围鄂州、襄阳一带，人情汹惧。枢密院一日间连接了三道告急文书，朝廷大惊，乃以贾似道兼枢密使、京湖宣抚大使，进师汉阳，以救鄂州之围。似道不敢推辞，只得拜命。闻得大学生郑隆文武兼全，遣人招致于门下。郑隆素知似道奸邪，怕他难与共事，乃具名刺，先献一诗云：

> 收拾乾坤一担担，上肩容易下肩难。
>
> 劝君高着擎天手，多少傍人冷眼看。

这首诗，明说似道位高望重，要他虚己下贤，小心做事。他若见了诗，欣然听纳，不枉在他门下走动一番。谁知似道见诗中有规谏之意，骂为狂生，把诗扯得粉碎。不在话下。

再说贾似道同了门下宾客，文有廖莹中、赵分如等，武有夏贵、孙虎臣等，精选羽林军二十万，器仗铠甲，任意取办，择日辞朝出师。真个是威风凛凛，杀气腾腾。不一日，来到汉阳驻扎。此时蒙古攻城甚急，鄂州将破。似道心胆俱裂，那敢上前？乃与廖莹中诸人商议，修书一封，密遣心腹人宋京诣蒙古营中，求其退师，情愿称臣纳币，忽必烈不许。似道遣人往复三四次。适值蒙古主蒙哥死于合州钓鱼山下，太弟忽必烈一心要篡大位，无心恋战，遂从似道请和，每年纳币、称臣、奉贡。两下约誓已定，遂拔寨北去，奔丧即位。

贾似道打听得蒙古有事北归，鄂州围解，遂将议和、称臣、纳币之事，瞒过不题。上表夸张己功，只说蒙古惧己威名，闻风远遁。使廖莹中撰为露布，又撰《福华编》，以记鄂州之功。蒙古差使人来议岁币，似道怕他破坏己事，命软监于真州地方。只要蒙蔽朝廷，那顾失信夷虏？理宗皇帝谓似道有再造之功，下诏褒美，加似道少师，赐予金帛无算；又赐葛岭周围田地，以广其居；母胡氏封两国夫人。

似道偃然以中兴功臣自任，居之不疑。日夕引歌姬舞妾，于湖上取乐。四方贡献，络绎不绝。凡门客都布置显要，或为大郡，掌握兵权。真个是一人之下，万人之上。每年八月八日，似道生辰，作词颂美者，以数千计。似道一一亲览，第其高下。一时传诵誊写，为之纸贵。时陆景思《八声甘州》一词，称为绝唱。词云：

> 满清平世界，庆秋成，看斗米三钱。论从来，活国拋功第一，无过丰年。办得民间安饱，余事笑谈间。若问平戎策，微妙难传。

> 玉帝要留公住，把西湖一曲，分入林园。有茶炉丹灶，更有钓鱼船。觉秋风未曾吹着，但砌兰长倚北堂萱。千千岁，上天将相，平地神仙。

其他诙谀之词，不可尽述。

一日，似道同诸姬在湖上倚楼闲玩，见有二书生，鲜衣羽扇，丰致翩翩，乘小舟游湖登岸。旁一姬低声赞道："美哉，二少年！"似道听得了，便道："汝愿嫁彼二人，当使彼聘汝。"此姬惶恐谢罪。不多时，似道唤集诸姬，令一婢捧盒至前。似道说道："适间某姬爱湖上书生，我已为彼受聘矣。"众姬不信，启盒视之，乃某姬之首也，众姬无不股栗。其待姬妾惨毒，悉如此类。又常差人贩盐百般，至临安发卖。太学生有诗云：

> 昨夜江头长碧波，满船都载相公醝。

> 虽然要作调羹用，未必调羹用许多。

似道又欲行富国强兵之策，御史陈尧道献计，要措办军饷，便国便民，无如限田之法。怎叫做限田之法？

如今大户田连阡陌，小民无立锥之地，有田者不耕，欲耕者无田。宜以官品大小，限其田数。某等官户止该田若干，其民户止该田若干。余在限外者，或回买，或派买，或官买。回买者，原系其人所卖，不拘年远，许其回赎。派买者，拣殷实人户，不满限者派去，要他用价买之。官买者，官出价买之，名为"公田"，雇人耕种，收租以为军饷之费。先行之浙右，候有端绪，然后各路照式举行。大率回买、派买的都是下等之田，又要照价抽税入官；其上等好田，官府自买，又未免亏损原价。浙中大扰，无不破家者，其时怨声载道。太学生又诗云：

> 胡尘暗日鼓鼙鸣，高卧湖山不出征。
>
> 不识咽喉形势地，公田枉自害苍生。

贾似道恐其法不行，先将自己浙田万余亩入官为公田。朝中官员要奉承宰相，人人闻风献产。翰林院学士徐经孙条具公田之害，似道讽御史舒有开劾奏罢官。又有著作郎陈著，亦上疏论似道欺君瘠民之罪，似道亦寻事黜之于外。公田官陈茂濂目击其非，弃官而去。又有钱塘人叶李者，字太白，素与似道相知，上书切谏。似道大怒，黥其面，流之于漳州。自此满朝钳口，谁敢道个"不"字。

似道又立推排打量之法。何为推排打量之法？假如一人有田若干，要他契书，查勘买卖来历，及质对四址明白。若对不来时，即系欺诳，没入其田，这便是推排。又去丈量尺寸，若是有余，即名隐匿田数，也要没入，这便是打量。行了这法，白白的没入人产，不知其数。太学生又有诗云：

三分天下二分亡，犹把山河寸寸量。

纵使一丘添一亩，也应不似旧封疆。

又有人作《沁园春》词云：

道过江南，泥墙粉壁，右具在前。述何县何乡里，住何人地、佃何人田，气象萧条。生灵憔悴，经界从来未必然。惟何甚？为官为己，不把人怜。

思量几许山川，况土地分张又百年。西蜀巉岩，云迷鸟道；两淮清野，日警狼烟。宰相弄权，奸人罔上，谁念干戈未息肩？掌大地，何须经理，方取千焉。

似道屡闻太学生讥讪，心中大怒！与御史陈伯大商议，奏立士籍：凡科场应举，及免举人，州县给历一道，亲书年貌世系，及所肄业于历首，执以赴举。过省参对笔迹异同，以防伪滥。乃密令人四下查访，凡有词华文采，能诗善词者，便疑心他造言生谤，就于参对时寻其过误，故意黜罢。由是谄谀进身，文人丧气。时人有诗云：

戎马掀天动地来，荆襄一路哭声哀。

平章束手全无策，却把科场恼秀才。

又有人作《沁园春》词云：

士籍令行，条件分明，逐一排连。问子孙何习，父兄何业，明经词赋，右具如前。最是中间，娶妻某氏，试问于妻何与焉？乡保举，那堪着押，开口论钱。　　祖宗立法于前，又何必更张万万千？算行关改会，限田放籴；生民凋瘵，膏血俱朘。只有士心，仅存一脉，今又艰难最可怜。谁作俑？陈伯大附势专权！

陈伯大收得此词，献与似道。似道密访其人不得，知是秀才辈所为，乘理宗皇帝晏驾，奏停是年科举。自此太学、武学、宗学三处秀才，恨入骨髓。其中又有一班无耻的，倡率众人，称功颂德。似道欲结好学校，一一厚酬。一般也有感激贾平章之恩，愿为之用的。此见秀才中人心不一，所以公论不伸。也不在话下。

却说理宗皇帝传位度宗，改元咸淳。那度宗在东宫时，似道曾为讲官，兼有援立之恩。及即位，加似道太师，封魏国公。每朝见，天子必答拜，称为师相而不名。又诏他十日一朝，赴都堂议事；其余听从自便，大小朝政，皆就私第取决。当时传下两句口号，道是：

朝中无宰相，湖上有平章。

一日，似道招右丞相马廷鸾，枢密使叶梦鼎，于湖中饮酒。似道行令，要举一物，送与一个古人，那人还诗一联。似道首令云：

我有一局棋，送与古人弈秋。弈秋得之，予我一联诗："自出洞来无敌手，得饶人处且饶人。"

马廷鸾云：

我有一竿竹，送与古人吕望。吕望得之，予我一联诗："夜静水寒鱼不食，满船空载月明归。"

叶梦鼎云：

我有一张犁，送与古人伊尹。伊尹得之，予我一联诗："但存方寸地，留与子孙耕。"

似道见二人所言，俱有讥讽之意，明日寻事，奏知天子，将二人罢官而去。

那时蒙古强盛，改国号曰元，遣兵围襄阳、樊城，已三年了。满朝尽知，只瞒着天子一人而已。似道心知国势将危，乃汲汲为行乐之计。尝于清明日游湖，作绝句云：

> 寒食家家插柳枝，留春春亦不多时。
>
> 人生有酒须当醉，青冢儿孙几个悲？

于葛岭起建楼台亭榭，穷工极巧，凡民间美色，不拘娼尼，都取来充实其中。闻得宫人叶氏色美，勾通了穿宫太监，径取出为妾，昼夜淫乐无度。又造多宝阁，凡珍奇宝玩，百方购求，充积如山。每日登阁一遍，任意取玩，以此为常。有人言及边事者，即加罪责。忽一日，度宗天子问道：“闻得襄阳久困，奈何？”似道对云：“北兵久已退去，陛下安得此语？”天子道：“适有女嫔言及，料师相必知其实。”似道奏云：“此讹言，陛下不必信之。万一有事，臣当亲率大军，为陛下诛尽此虏耳。”说罢退朝。似道乃令穿宫太监，密查女嫔名姓，将他事诬陷他，赐死宫中。正是：

> 是非只为多开口，烦恼皆因强出头。
>
> 堪笑当时众台谏，不如女嫔肯分忧。

自宫嫔死后，内外相戒，无言及边事者，养成虏患，非一朝一夕之故也。

　　似道又造半闲堂，命巧匠塑己像于其中。旁室数百间，招致方术之士及云水道人，在内停宿。似道暇日，到中堂打坐，与术士、道人谈讲。门客中献词，颂那半闲堂的极多，只有一篇名《唐多令》，最为似道所称赏。词云：

　　　　天上摘星班，青牛度关。幻出蓬莱新院宇，花外竹，竹边山。

　　　　轩冕傥来间，人生闲最难，算真闲不到人间。一半神仙先占取，留一半，与公闲。

　　有一术士，号富春子，善风角鸟占。贾似道招之，欲试其术，问以来日之事。富春子乃密写一纸，封固，嘱道："至晚方开。"次日，似道宴客湖山，晚间于船头送客，偶见明日当头，口中歌曹孟德"月明星稀，乌鹊南飞"二句。时廖莹中在旁说道："此际可拆书观之矣。"纸中更无他事，惟写"月明星稀，乌鹊南飞"八个字。似道大惊，方知其术神验，遂叩以终身祸福。富春子道："师相富贵，古今莫及，但与姓郑人不相宜，当远避之。"原来似道少时，曾梦自己乘龙上天，却被一勇士打落，堕于坑堑之中，那勇士背心上绣成"荥阳"二字。荥阳却是姓郑的郡名，与富春子所言相合，怎敢不信？似道自此检阅朝籍，凡姓郑之人，极力挤排，不容他在位，宦籍中竟无一姓郑者。有门客揣摩似道之意，说道："太学生郑隆惯作诗词，讥讪朝政，此人不可不除。"似道想起昔日献诗规谏之恨，分付太学博士，寻他没影的罪过，将他黥配恩州。郑隆在路上呕气而死。

又有一人善能拆字，决断如神。似道富贵已极，渐蓄不臣之志；又恐虏信渐迫，瞒不到头，朝廷必须见责，于是欲行董卓、曹操之事。召拆字者，以杖画地，作"奇"字，使决休咎。拆字的相了一回，说道："相公之事不谐矣！道是'立'，又不'可'；道是'可'，又不'立'。"似道默然无语，厚赠金帛而遣之；恐他泄漏机关，使人于中途谋害。自此反谋遂沮。富春子见似道举动非常，惧祸而逃。可谓见机而作者矣。

却说两国夫人胡氏，受似道奉养，将四十年，直到咸淳十年三月某日，寿八十余方死。衣衾棺椁，穷极华侈，斋醮追荐，自不必说。过了七七四十九日，扶柩到台州，与贾涉合葬。举襄之日，朝廷以卤簿送之。自皇太后以下，凡贵戚朝臣，一路摆设祭馔，争高竞胜。有累高至数丈者，装祭之次，至颠死数人。百官俱戴孝，追送百里之外，天子为之罢朝。那时天降大雨，平地水深三尺，送丧者，都冒雨踏水而行，水没及腰膝，泥淖满面，无一人敢退后者。葬毕，又饭僧三万口，以资冥福。有一僧，饭罢，将钵盂覆地而去。众人揭不起来，报与似道。似道不信，亲自来看，将手轻轻揭起，见钵盂内覆着两行细字，乃白土写成，字画端楷。似道大惊，看时，却是两句诗。道是："得好休时便好休，开花结子在绵州。"正惊讶间，字迹忽然灭没不见。似道遍召门客，问其诗意，都不能解。直到后来，死于木绵庵，方应其语。大凡大富贵的人，前世来历必奇，非比等闲之辈；今日圣僧来点化似道，要他回头免祸，谁知他富贵薰心，迷而不悟。从来有权有势的，多不得善终，都是如此。闲话休题。

再说似道葬母事毕，写表谢恩。天子下诏，起复似道入朝。似道假意乞许终丧，却又讽御史们上疏，虚相位以待已。诏书连连下来，催促起程。七月初，似道应命，入朝面君，复居旧职。其月下旬，度宗晏驾，皇太子显即位，是为恭宗。此时元左丞相史天泽，右丞相伯颜，分兵南下，襄、邓、淮、扬，处处告急。贾似道料定恭宗年少胆怯，故意将元兵消息，张皇其事，奏闻天子，自请统军行边。却又私下分付御史们上疏留己，说道："今日所恃，只师臣一人。若统军行边，顾了襄汉一路，顾不得淮扬；若顾了淮扬一路，顾不得襄汉。不如居中以运天下，运筹帷幄之中，方能决胜于千里之外。倘师臣出外，陛下有事商量，与何人议之？"恭宗准奏道："师相岂可一日离吾左右耶？"

不隔几月，樊城陷了，鄂州破了。吕文焕死守襄阳五年，声援不通，城中粮尽，力不能支，只得以城降元。元师乘胜南下，贾似道遮瞒不过，只得奏闻。恭宗闻报，大惊，对似道道："元兵如此逼近，非师相亲行不可。"似道奏道："臣始初便请行边，陛下不许；若早听臣言，岂容胡人得志若此？"恭宗于是下诏，以贾似道都督诸路军马。似道荐吕师夔参赞都督府军事。其明年为恭宗皇帝德祐元年，似道上表出师，旌旗蔽天，舳舻千里，水陆并进。领着两个儿子，并妻妾辎重，凡百余舟；门客俱带家小而行。参赞吕师夔先到江州，以城降元，元兵乘势破了池州。似道闻此信，不敢进前，遂次于鲁港。步军招讨使孙虎臣，水军招讨使夏贵，都是贾似道门客，平昔间谈天说地，似道倚之为重，其实原没有张、韩、刘、岳的本事，今日遇了大战阵，如何侥幸得去？

　　却说孙虎臣屯兵于丁家洲，元将阿术来攻，孙虎臣抵敌不过，先自跨马逃命，步军都四散奔溃。阿术遣人绕宋舟大呼道："宋家步军已败，你水军不降，更待何时？"水军见说，人人丧胆，个个心惊，不想厮杀，只想逃命，一时乱将起来。舳舻簸荡，乍分乍合，溺死者不可胜数。似道禁押不住，急召夏贵议事。夏贵道："诸军已溃，战守俱难。为师相计，宜入扬州，招溃兵，迎驾海上。贵不才，当为师相死守淮西一路。"说罢自去。少顷，孙虎臣下船，抚膺恸哭道："吾非不欲血战，奈手下无一人用命者，奈何？"似道尚未及对，哨船来报道："夏招讨舟，已解缆先行，不知去向。"时军中更鼓正打四更，似道茫然无策。又见哨船报道："元兵四围杀将来也。"急得似道面如土色，慌忙击锣退师，诸军大溃。孙虎臣扶着似道，乘单舸奔扬州。堂吏翁应龙抢得都督府印信，奔还临安。到次日，溃兵蔽江而下。似道使孙虎臣登岸，扬旗招之，无人肯应者。只听得骂声嘈杂，都道："贾似道奸贼，欺蔽朝廷，养成贼势，误国蠹民，害得我们今日好苦！"又听得说道："今日先杀了那伙奸贼，与万民出气。"说声未绝，船上乱箭射来，孙虎臣中箭而倒。似道看见人心已变，急催船躲避，走入扬州城中，托病不出。

话分两头。却说右丞相陈宜中，平昔谄事似道，无所不至，似道扶持他做到相位。宜中见翁应龙奔还，问道："师相何在？"应龙回言不知。宜中只道已死于乱军之中，首上疏论似道丧师误国之罪，乞族诛以谢天下。于是御史们又趋奉宜中，交章劾奏。恭宗天子方悟似道奸邪误国，乃下诏暴其罪，略云：

> 大臣具四海之瞻，罪莫大于误国；都督专阃外之寄，律尤其重于丧师。具官贾似道，小才无取，大道未闻，历相两朝，曾无一善。变田制以伤国本，立士籍以阻人才。匿边信而不闻，旷战功而不举。至于寇逼，方议师征。谓当缨冠而疾趋，何为抱头而鼠窜？遂致三军解体，百将离心。社稷之势缀旒，臣民之言切齿。姑示薄罚，俾尔奉祠。呜呼！膺狄惩荆，无复周公之望；放兜殛鲧，尚宽《虞典》之诛。可罢平章军马重事，及都督诸路军马。

廖莹中举家亦在扬州，闻似道褫职，特造府中问慰。相见时，一言不能发，但索酒与似道相对痛饮，悲歌雨泣，直到五鼓方罢。莹中回至寓所，遂不复寝。命爱姬煎茶，茶到，又遣爱姬取酒去，私服冰脑一握。那冰脑是最毒之物，服之无不死者。药力未行，莹中只怕不死，急催热酒到来，袖中取出冰脑，连进数握。爱姬方知吃的是毒药，向前夺救，已不及了，乃抱莹中而哭。莹中含着双泪，说道："休哭，休哭！我从丞相二十年，安享富贵。今日事败，得死于家中，也算做善终了。"说犹未毕，九窍流血而死。可怜廖莹中聪明才学，诗字皆精，做了权门犬马，今日死于非命。诗云：

> 不作无求蚓，甘为逐臭蝇。
>
> 试看风树倒，谁复有荣藤？

再说贾似道罢相，朝中议论纷纷，谓其罪不止此。台臣复交章劾奏，请加斧钺之诛。天子念他是三朝元老，不忍加刑，谪为高州团练副使，仍命于循州安置。其田产园宅，尽数籍没，以充军饷。谪命下日，正是八月初八日，值似道生辰建醮，乃自撰青词祈佑，略云：

> 老臣无罪，何众议之不容？上帝好生，奈死期之已迫！适当悬弧之旦，预陈易箦之词：窃念臣似道际遇三朝，始终一节；为国任怨，遭世多艰。属

丑虏之不恭，驱屏兵而往御。士不用命，功竟无成。众口皆诋其非，百喙难明此谤。四十年劳悴，悔不效留侯之保身；三千里流离，犹恐置霍光于赤族。仰惭覆载，俯愧劬劳。伏望皇天后土之览临，理考度宗之昭格。三宫霁怒，收瘴骨于江边；九庙阐灵，扫妖氛于境外。

故宋时立法：凡大臣安置远州，定有个监押官，名为护送，实则看守，如押送犯人相似。今日似道安置循州，朝议斟酌个监押官，须得有力量的，有手段的；又要平日有怨隙的，方才用得。只因循州路远，人人怕去。独有一位官员，慨然请行。那官员是谁？姓郑，名虎臣，官为会稽尉，任满到京。此人乃是太学生郑隆之子。郑隆被似道黥配而死，虎臣衔恨在心，无门可报，所以今日愿去。朝中知其情，遂用为监押官。似道虽然不知虎臣是郑隆之子，却记得幼年之梦，和那富春子的说话；今日正遇了姓郑的人，如何不慌！临行时，备下盛筵，款待虎臣。虎臣巍然上坐。似道称他是天使，自称为罪人，将上等宝玩，约值数万金献上，为进见之礼；含着两眼珠泪，凄凄惶惶的哀诉，述其幼时所梦，"愿天使大发菩萨之心，保全蝼蚁之命，生生世世，不敢忘报。"说罢，屈膝跪下。郑虎臣微微冷笑，答应道："团练且起。这宝玩是殃身之物，下官如何好受？有话途中再讲。"似道再三哀求，虎臣只是微笑，似道心中愈加恐惧。

次日，虎臣催促似道起程。金银财宝，尚十余车；婢妾童仆，约近百人。虎臣初时，并不阻当。行了数日，嫌他行李太重，担误行期，将他童仆辈日渐赶逐；其金宝之类，一路遇着寺院，逼他布施。似道不敢不依。约行半月，止剩下三个车子，老年童仆数人，又被虎臣终日打骂，不敢亲近。似道所坐车子，插个竹竿，扯帛为旗，上写着十五个大字，道是"奉旨监押安置循州误国奸臣贾似道"。似道羞愧，每日以袖掩面而行，一路受郑虎臣凌辱，不可尽言。

又行了多日，到泉州洛阳桥上，只见对面一个客官，匆匆而至，见了旗上题字，大呼："平章，久违了！一别二十余年，何期在此相会？"似道只道是个相厚的故人，放下衣袖看时，却是谁来？那客官姓叶，名李，字太白，钱唐人氏，因为上书切谏似道，被他黥面流于漳州。似道事败，凡被其贬窜者，都赦回原籍。叶李得赦还乡，路从泉州经过，正与似道相遇，故意叫他。似道羞惭满面，下边施礼，口称得罪。叶李问郑虎臣讨纸笔来，作词一首相赠。词云：

> 君来路，吾归路，来来去去何曾住？公田关子竟何如，国事当时谁与误？　　雷州户，崖州户，人生会有相逢处。客中颇恨乏蒸羊，聊赠一篇长短句。

当初北宋仁宗皇帝时节，宰相寇准有澶渊退虏之功，却被奸臣丁谓所谮，贬为雷州司户。未几，丁谓奸谋败露，亦贬于崖州，路从雷州经过。寇准遣人送蒸羊一只，聊表地主之礼。丁谓惭愧，连夜偷行过去，不敢停留。今日叶李词中，正用这个故事，以见天道反复，冤家不可做尽也。似道得词，惭愧无地，手捧金珠一包，赠与叶李，聊助路资。叶李不受而去。郑虎臣喝道："这不义之财，犬豕不顾，谁人要你的！"就似道手中夺来，抛散于地，喝教车仗快走，口内骂声不绝。似道流泪不止。郑虎臣的主意，只教贾似道受辱不过，自寻死路，其如似道贪恋余生！比及到得漳州，童仆逃走俱尽，单单似道父子三人。真个是身无鲜衣，口无甘味，贱如奴隶，穷比乞儿，苦楚不可尽说。漳州太守赵分如，正是贾似道旧时门客，闻得似道到来，出城迎接。

看见光景凄凉，好生伤感。又见郑虎臣颜色不善，不敢十分殷勤。是日，赵分如设宴馆驿，管待郑虎臣，饮酒中间，分如察虎臣口气，衔恨颇深，乃假意问道："天使今日押团练至此，想无生理，何不教他速死，免受薅恼，却不干净？"虎臣笑道："便是这恶物事，偏受得许多苦恼，要他好死却不肯死。"赵分如不敢再言。次日五鼓，不等太守来送，便催趱起程。

离城五里，天尚未大明。到个庵院，虎臣教歇脚，且进庵梳洗早膳。似道看这庵中扁额写着"木绵庵"三字，大惊道："二年前，神僧钵盂中赠诗，有'开花结子在绵州'句，莫非应在今日？我死必矣！"进庵，急呼二子分付说话，已被虎臣拘囚于别室。似道自分必死，身边藏有冰脑一包，因洗脸，就掬水吞之。觉腹中痛极，讨个虎子坐下，看看命绝。虎臣料他服毒，乃骂道："奸贼，奸贼！百万生灵死于汝手，汝延捱许多路程，却要自死，到今日，老爷偏不容你！"将大槌连头连脑打下二三十，打得希烂，呜呼死了。却教人报他两个儿子说道："你父亲中恶，快来看视。"儿子见老子身死，放声大哭。虎臣投槌于地，叹道："吾今日上报父仇，下为万民除害，虽死不恨矣。"就用随身衣服，将草荐卷之，埋于木绵庵之侧。埋得定当，方将病状关白太守赵分如。

赵分如明知是虎臣手脚，见他凶狠，那敢盘问？只得依他开病状，申报各司去讫。直待虎臣动身去后，方才备下棺木，掘起似道尸骸，重新殡殓，埋葬成坟，为文祭之。辞曰："呜呼！履斋死蜀，死于宗申；先生死闽，死于虎臣。哀哉，尚飨！"那履斋是谁？姓吴，名潜，是理宗朝的丞相，因贾似道谋代其位，造下谣言，诬之以罪，害他循州安置，却教循州知州刘宗申，逼他服毒而死。今日似道贬循州，未及到彼，先死于木绵庵，比吴潜之祸更惨！这四句祭文，隐隐说天理报应。赵分如虽然出于似道门下，也见他良心不泯处。

闲话休题。再说似道既贬之后，家私田产，虽说入官，那葛岭大宅，谁人管业？高台曲池，日就荒落，墙颓壁倒。游人来观者，无不感叹。多有人题诗于门壁。今录得二首，诗云：

深院无人草已荒，漆屏金字尚辉煌。

底知事去身宜去？岂料人亡国亦亡？

理考发身端有自，郑人应梦果何祥？

卧龙不肯留渠住，空使晴光满画墙。

又诗云：

事到穷时计亦穷，此行难倚鄂州功。

木绵庵里千年恨，秋壑亭中一梦空。

石砌苔稠猿步月，松亭叶落鸟呼风。

客来不用多惆怅，试向吴山望故宫。

第二十卷　张舜美灯宵得丽女

太平时节元宵夜，千里灯球映月轮。

多少王孙并士女，绮罗丛里尽怀春。

话说东京汴梁，宋天子徽宗放灯买市，十分富盛。且说在京一个贵官公子，姓张，名生，年方十八，生得十分聪俊，未娶妻室。因元宵到乾明寺看灯，忽于殿上拾得一红绡帕子，帕角系一个香囊。细看帕上，有诗一首云：

囊里真香心事封，鲛绡一幅泪流红。

殷勤聊作江妃佩，赠与多情置袖中。

诗尾后又有细字一行云："有情者，拾得此帕，不可相忘。请待来年正月十五夜，于相蓝后门一会，车前有鸳鸯灯是也。"张生吟讽数次，叹赏久之。乃和其诗曰：

　　浓麝因知玉手封，轻绡料比杏腮红。

　　虽然未近来春约，已胜襄王魂梦中。

　　自此之后，张生以时挨日，以月挨年。倏忽间，乌飞电走，又换新正。将近元宵，思赴去年之约，乃于十四日晚，候于相蓝后门。果见车一辆，灯挂双鸳鸯，呵卫甚众。张生惊喜无措，无因问答，乃诵诗一首，或先或后，近车吟咏，云：

　　何人遗下一红绡，暗遣吟怀意气饶。

　　料想佳人初失去，几回纤手摸裙腰。

　　车中女子闻生吟讽，默念："昔日遗香囊之事谐矣！"遂启帘窥生。见生容貌皎洁，仪度闲雅，愈觉动情。遂令侍女金花者，通达情款，生亦会意。须臾，香车远去，已失所在。

　　次夜，生复伺于旧处。俄有青盖旧车，迤逦而来，更无人从，车前挂双鸳鸯灯。生睹车中非昨夜相遇之女，乃一尼耳！车夫连称："送师归院去。"生迟疑间，见尼转手而招生，生潜随。至乾明寺，老尼迎门谓曰："何归迟也？"尼入院，生随入小轩，轩中已张灯列宴。尼乃卸去道装，忽见绿鬓堆云，红裳映月。生女联坐，老尼侍傍。酒行之后，女曰："愿见去年相约之媒。"生取香囊、红绡，付女视之。女方笑曰："京都往来人众，偏落君手，岂非天赐尔我姻缘耶？"生曰："当时得之，亦曾奉和。"因举其诗。女喜曰："真我夫也。"于是与生就枕，极尽欢娱。顷而鸡声四起，谓生曰："妾乃霍员外家第八房之妾。员外老病，经年不到妾房。妾每夜焚香祝天，愿遇一良人，成其夫妇。幸得见君子，足慰平生。妾今用计脱身，不可复入，此身已属之君，情愿生死相随。不然，将置妾于何地也？"生曰："我非木石，岂忍分离？但寻思无计。若事发相连，不若与你悬梁同死，双双做风流之鬼耳。"说罢，相抱悲泣。

老尼从外来，曰："你等要成夫妇，但恨无心耳，何必做没下梢事？"生女双双跪拜求计。老尼曰："汝能远涉江湖，变更姓名于千里之外，可得尽终世之情也。"女与生俯首受计。老尼遂取出黄白一包，付生曰："此乃小娘子平日所寄，今送还官人，以为路资。"生亦回家收拾细软，打做一包。是夜，拜别了老尼，双双出门，走到通津邸中借宿。次早雇舟，自汴涉淮，直至苏州平江，创第而居。两情好合，谐老百年。正是：

> 意似鸳鸯飞比翼，情同鸾凤舞和鸣。

今日为甚说这段话？却有个波俏的女子，也因灯夜游玩，撞着个狂荡的小秀才，惹出一场奇奇怪怪的事来。未知久后成得夫妇也不，且听下回分解。正是：

> 灯初放夜人初会，梅正开时月正圆。

且道那女子遇着甚人？那人是越州人氏，姓张，双名舜美，年方弱冠，是一个轻俊标致的秀士，风流未遇的才人。偶因乡试来杭，不能中选，遂淹留邸舍中半年有余。正逢着上元佳节，舜美不免关闭房门，游玩则个。况杭州是个热闹去处。怎见得杭州好景？柳耆卿有首《望海潮》词，单道杭州好处。词云：

> 东南形胜，三吴都会，钱塘自古繁华！烟柳画桥，风帘翠幕，参差十万人家。云树绕堤沙。怒涛卷霜雪，天堑无涯。市列珠玑，户盈罗绮，竞奢华。　　重湖叠巘清佳，有三秋桂子，十里荷花。弦管弄晴，菱歌泛夜，嬉嬉钓叟莲娃。千骑拥高牙，乘时听箫鼓，吟赏烟霞。异日图将好景，归到凤池夸。

舜美观看之际，勃然兴发，遂口占《如梦令》一词以解怀，云：

> 明月娟娟筛柳，春色溶溶如酒。今夕试华灯，约伴六桥行走。回首，回首，楼上玉人知否？

且诵且行之次，遥见灯影中，一个丫鬟，肩上斜挑一盏彩鸾灯，后面一女子，冉冉而来。那女子生得凤髻铺云，蛾眉扫月，生成媚态，出色娇姿。舜美一见了那女子，沉醉顿醒，竦然整冠，汤瓶样摇摆过来。为甚的做如此模样？元来调光的人，只在初见之时，就便使个手段。凡萍水相逢，有几般讨探之法。做子弟的，听我把调光经表白几句：

> 雅容卖俏，鲜服夸豪。远觑近观，只在双眸传递；捱肩擦背，全凭健足跟随。我既有意，自当送情；他肯留心，必然答笑。点头须会，咳嗽便知。紧处不可放迟，闲中偏宜着闹。讪语时，口要紧；刮涎处，脸须皮。冷面撇清，还察其中真假；回头揽事，定知就里应承。说不尽百计讨探，凑成来十分机巧。假饶心似铁，弄得意如糖。

说那女子被舜美撩弄，禁持不住，眼也花了，心也乱了，腿也苏了，脚也麻了，痴呆了半晌。四目相睃，面面有情。那女子走得紧，舜美也跟得紧；走得慢，也跟得慢；但不能交接一语。不觉又到众安桥，桥上做卖做买，东来西去的，挨挤不过。过得众安桥，失却了女子所在，只得闷闷而回。开了房门，风儿又吹，灯儿又暗，枕儿又寒，被儿又冷，怎生睡得，心里丢不下那个女子，思量："再得与他一会也好。"你看世间有这等的痴心汉子，实是好笑。正是：

半窗花影模糊月，一段春愁着摸人。

舜美甫能勾捱到天明，起来梳裹了。三餐已毕，只见街市上人，又早收拾看灯。舜美身心按捺不下，急忙关闭房门，径往夜来相遇之处。立了一会，转了一会，寻了一会，靠了一会，呆了一会，只是等不见那女子来，遂调《如梦令》一词消遣，云：

燕赏良宵无寐，笑倚东风残醉。未审那人儿，今夕玩游何地？留意，留意，几度欲归还滞。

吟毕，又等了多时。正尔要回，忽见小鬟挑着彩鸾灯，同那女子从人丛中挨将出来。那女子瞥见舜美，笑容可掬，况舜美也约莫着有五六分上手。那女子径往盐桥，进广福庙中拈香。礼拜已毕，转入后殿。舜美随于后。那女子偶尔回头，不觉失笑一声；舜美呆着老脸，陪笑起来。他两个挨挨擦擦，前前后后，不复顾忌。那女子回身抻袖中，遗下一个同心方胜儿。舜美会意，俯而拾之，方就灯下拆开一看，乃是一幅花笺纸。不看万事全休！只因看了，直教一个秀才害了一二年鬼病相思，险些送了一条性命。你道花笺上写的甚么文字？原来也是个《如梦令》，词云：

> 邂逅相逢如故，引起春心追慕。高挂彩鸾灯，
>
> 正是儿家庭户。那步，那步，千万来宵垂顾。

词后复书云："女之敝居，十官子巷中，朝南第八家。明日父母兄嫂赶江干舅家灯会，十七日方归，止妾与侍儿小英在家。敢邀仙郎惠然枉驾，少慰鄙怀。妾当焚香扫门，迎候翘望。妾刘素香拜柬。"舜美看了多时，喜出望外！那女子已去了，舜美步归邸舍，一夜无眠。

次早又是十五日。舜美捱至天晚，便至其外。不敢造次突入，乃成《如梦令》一词，来往歌云：

> 漏滴铜壶声咽，风送金猊香烈。一见彩鎏灯，
>
> 顿使狂心烦热。应说，应说，昨夜相逢时节。

女子听得歌声，掀帘而出，果是灯前相见可意人儿。遂迎迓到于房中，吹灭银灯，解衣就枕。他两个正是旷夫怨女相见，如狐虎逢羊，苍蝇见血，那有工夫问名叙礼？且做一班半点儿事。有《南乡子》一首，单题着交欢趣向。道是：

> 粉汗湿罗衫，为雨为云底事忙？两只脚儿肩上
>
> 阁，难当！翠蹙春山入醉乡。　　忒杀太颠狂，口

口声声叫我郎。舌送丁香娇欲滴，初尝。非蜜非糖
滋味长。

　　两个讲欢已罢，舜美曰："仆乃途路之人，荷承垂
盼，以凡遇仙。自思白面书生，愧无纤毫奉报。"素香
抚舜美背曰："我因爱子胸中锦绣，非图你囊里金珠。"
舜美称谢不已。素香忽然长叹，流泪而言曰："今日已
过，明日父母回家，不能复相聚矣！如之奈何？"两个
沉吟半晌，计上心来。素香曰："你我莫若私奔他所，免
使两地永抱相思之苦，未知郎意何如？"舜美大喜曰：
"我有远族，见在镇江五条街，开个招商客店，可往依
焉。"素香应允。

　　是夜，素香收拾了一包金珠，也妆做一个男儿打
扮，与舜美携手迤逦而行。将及二鼓，方才行到北关门
下。你道因何三四里路，走了许多时光？只为那女子小
小一双脚儿，只好在屧廊缓步，芳径轻移，擎抬绣阁之
中，出没湘裙之下。脚又穿着一双大靴，教他跋长途，
登远道，心中又慌，怎地的拖得动？且又城中人要出
城，城外人要入城，两下不免撒手，前后随行。出得第
二重门，被人一涌，各不相顾。那女子径出城门，从半
塘横去了。舜美虑他是妇人，身体柔弱，挨挤不出去，

还在城里也不见得，急回身寻问把门军士。军士说道："适间有个少年秀才，寻问同辈，回未半里多地。"舜美自思："一条路往钱塘门，一条路往师姑桥，一条路往褚家堂，三四条叉路，往那一条好？"踌躇半晌，只得依旧路赶去。至十官子巷，那女子家中，门已闭了，悄无人声。急急回至北关门，门又闭了。整整寻了一夜。

巴到天明，挨门而出。至新马头，见一伙人围得紧紧的，看一只绣鞋儿。舜美认得是女子脱下之鞋，不敢开声。众人说："不知何人家女孩儿，为何事来，溺水而死，遗鞋在此。"舜美听罢，惊得浑身冷汗。复到城中探信，满城人喧嚷，皆说十官子巷内刘家女儿，被人拐去，又说投水死了，随处做公的缉访。这舜美自因受了一昼夜辛苦，不曾吃些饭食；况又痛伤那女子死于非命，回至店中，一卧不起，寒热交作，病势沉重将危。正是：

相思相见知何日，多病多愁损少年。

且不说舜美卧病在床。却说刘素香自北关门失散了舜美，从二更直走到五更，方至新马头。自念："舜美寻我不见，必然先往镇江一路去了。"遂暗暗地脱下一只绣花鞋在地。为甚的？他惟恐家中有人追赶，故托此相示，以绝父母之念。素香乘天未明，赁舟沿流而去。数日之间，虽水火之事，亦自谨慎，梢人亦不知其为女人也。比至镇江，打发舟钱登岸，随路物色，访张舜美亲族。又忘其姓名、居止，问来问去，看看日落山腰，又无宿处。偶至江亭，少憩之次。此时乃是正月二十二日，况是月出较迟。是夜，夜色苍然，渔灯隐映，不能辨认咫尺。素香自思："为他抛离乡井，父母兄弟又无消息，不若从浣纱女游于江中。"哭了多时，只恨那人不知妾之死所。不觉半夜光景，亭隙中射下月光来。遂移步凭栏，四顾澄江，渺茫千里。正是：

一江流水三更月，两岸青山六代都。

素香呜呜咽咽，自言自语，自悲自叹，不觉亭角暗中，走出一个尼师，向前问曰："人耶？鬼耶？何自苦如此？"素香听罢，答曰："荷承垂问，敢不实告？妾乃浙江人也，因随良人之任，前往新丰。却不思慢藏海盗，梢子因觑良人囊金、贱妾容貌，辄起不仁之心。良人、婢仆皆被杀害，独留妾一身。梢子欲淫污妾，妾誓死不从。次日梢子饮酒大醉，妾遂着先夫衣冠，脱身奔逃，偶然至此。"素香难以私奔相告，假托此一段说话。尼师闻之。愀然曰："老身在施主家，渡江归迟，天遣到此亭中与娘子相遇，真是前缘。娘子肯从我否？"素香曰：
"妾身回视家乡，千山万水；得蒙提挈，乃再生之赐。"
尼师曰："出家人以慈悲方便为本，此分内事，不必虑
也。"素香拜谢。天明，随至大慈庵。屏去俗衣，束发
簪冠，独处一室。诸品经咒，目过辄能成诵。旦夕参礼
神佛，拜告白衣大士，并持大士经文哀求再会。尼师见
其贞顺，自谓得人。不在话下。

再说舜美在那店中，延医调治，日渐平复，不肯
回乡，只在邸舍中温习经史。光阴荏苒，又逢着上元灯
夕。舜美追思去年之事，仍往十官子巷中一看。可怜景
物依然，只是少个人在目前，闷闷归房，因诵秦少游学
士所作《生查子》，词云：

> 去年元夜时，花市灯如昼。月在柳梢头，人约
> 黄昏后。　　今年元夜时，月与灯依旧。不见去年
> 人，泪湿春衫袖。

舜美无情无绪，洒泪而归。惭愧物是人非，怅然绝
望，立誓终身不娶，以答素香之情。

在杭州倏忽三年，又逢大比，舜美得中首选解元。
赴鹿鸣宴罢，驰书归报父母，亲友贺者填门。数日后，
将带琴、剑、书籍，上京会试。一路风行露宿。舟次

镇江江口，将欲渡江，忽狂风大作，移舟傍岸，少待风息。其风数日不止，只得停泊在彼。

且说刘素香在大慈庵中，荏苒首尾三载。是夜，忽梦白衣大士报云："尔夫明日来也。"恍然惊觉，汗流如雨。自思："平素未尝如此，真是奇怪！"不言与师知道。

舜美等了一日又是一日，心中好生不快，遂散步独行，沿江闲看。行至一松竹林中，中有小庵，题曰"大慈之庵"，清雅可爱。趋身入内，庵主出迎，拉至中堂供茶。也是天使其然，刘素香向窗楞中一看，唬得目睁口呆，宛如酒醒梦觉。尼师忽入换茶，素香乃具道其由。尼师出问曰："相公莫非越州张秀才乎？"舜美骇然曰："仆与吾师素昧平生，何缘垂识？"尼师又问曰："曾娶妻否？"舜美簌簌泪下，乃应曰："曾有妻刘氏素香，因三载前元宵夜观灯失去，未知存亡下落。今仆虽不才，得中解元，便到京得进士，终身亦誓不再娶也。"师遂呼女子出见。两个抱头恸哭多时，收泪而言曰："不意今生再得相见！"悲喜交集，拜谢老尼。乃沐浴更衣，诣大士前焚香百拜。次以白金百两，段绢二端，奉尼师为寿。两下相别，双双下舟。真个似缺月重圆，断弦再续，大喜不胜。

一路至京，连科进士，除授福建兴化府莆田县尹。谢恩回乡，路经镇江，二人复访大慈庵，赠尼师金一笏。回至杭州，径到十官子巷投帖拜望。刘公看见车马临门，大红贴子写着"小婿张舜美"，只道误投了。正待推辞，只见少年夫妇，都穿着朝廷命服，双双拜于庭下。父母兄嫂见之，大惊，悲喜交集。丈母道："因元宵失却我儿，闻知投水身死，我们苦得死而复生。不意今日再得相会，况得此佳婿，刘门之幸！"乃大排筵会，作贺数日，令小英随去。二人别了丈人、丈母，到家见了父母。舜美告知前事，令妻出拜公姑。张公、张母大喜过望，作宴庆贺。不数日，同妻别父母，上任去讫。久后，舜美官至天官侍郎，子孙贵盛。有诗为证：

间别三年死复生，润州城下念多情。

今宵然烛频频照，笑眼相看分外明。

第二十一卷　杨思温燕山逢故人

　　一夜东风，不见柳梢残雪。御楼烟暖，对鳌山彩结。箫鼓向晚，凤辇初回宫阙。千门灯火，九衢风月。　　绣阁人人，乍嬉游、困又歇。艳妆初试，把珠帘半揭。娇羞向人，手捻玉梅低说。相逢长是，上元时节。

　　这一首词，名《传言玉女》，乃胡浩然先生所作。道君皇帝朝，宣和年间，元宵最盛。每年上元正月十四日，车驾幸五岳观凝祥池。每常驾出，有红纱贴金烛笼二百对；元夕加以琉璃玉柱掌扇，快行客各执红纱珠珞灯笼。至晚还内，驾入灯山，御辇院人员，辇前唱《随竿媚》来。御辇旋转一遭，倒行观灯山，谓之"鹁鸽旋"，又谓"踏五花儿"，则辇官有赏赐矣。驾登宣德

楼，游人奔赴露台下。十五日，驾幸上清宫，至晚还内。上元后一日，进早膳讫，车驾登门卷帘，御座临轩，宣百姓；先到门下者，得瞻天表：小帽红袍独坐，左右侍近，帘外金扇执事之人。须臾下帘，则乐作，纵万姓游赏。华灯宝烛，月色光辉，霏霏融融，照耀远迩。至三鼓，楼上以小红纱灯缘索而至半，都人皆知车驾还内。当时御制《夹钟宫·小重山》词，道：

罗绮生香娇艳呈，金莲开陆海，绕都城。宝舆四望翠峰青。东风急，吹下半天星。　　万井贺升平。行歌花满路，月随人。纱笼一点御灯明。萧韶远，高宴在蓬瀛。

今日说一个官人，从来只在东京看这元宵；谁知时移事变，流寓在燕山看元宵。那燕山元宵却如何？

虽居北地，也重元宵。未闻鼓乐喧天，只听胡笳聒耳。家家点起，应无陆地金莲；处处安排，那得玉梅雪柳。小番鬓边挑大蒜，岐婆头上带生葱。汉儿谁负一张琴？女们尽敲三棒鼓。

每年燕山市井，如东京制造，到己酉岁，方成次第。当年那燕山装那鳌山，也赏元宵，士大夫、百姓皆得观看。这个官人，本身是肃王府使臣，在贵妃位掌笺奏；姓杨，双名思温，排行第五，呼为杨五官人。因靖康年间，流寓在燕山。犹幸相逢姨夫张二官人，在燕山开客店，遂寓居焉。杨思温无可活计，每日肆前与人写文字，得些胡乱度日。忽值元宵，见街上的人皆去看灯，姨夫也来邀思温看灯，同去消遣旅况。思温情绪索然，辞姨夫道："看了东京的元宵，如何看得此间元宵？姨夫自稳便先去，思温少刻追陪。"张二官人先去了。

杨思温挨到黄昏，听得街上喧闹，静坐不过，只得也出门来看燕山元宵。但见：

莲灯灿烂，只疑吹下半天星；士女骈阗，便是列成王母队。一轮明月婵娟照，半是京华流寓人。

见街上往来游人无数。思温行至昊天寺前，只见真金身铸五十三参，铜打成幡竿十丈，上有金书"敕赐昊天悯忠禅寺"。思温入寺看时，佛殿两廊，尽皆点照。信步行到罗汉堂，乃浑金铸成五百尊阿罗汉。入这罗汉堂，有一行者，立在佛座前化香油钱，道："诸位看灯檀越，布施灯油之资，祝延福寿。"思温听其语音类东京人，问行者道："参头，仙乡何处？"行者答言："某乃大相国寺河沙院行者，今在此间复为行者。请官人坐于凳上，闲话则个。"

思温坐凳上，正看来往游人。睹一簇妇人，前遮后拥，入罗汉堂来。内中一个妇人，与思温四目相盼。思温睹这妇人打扮，好似东京人。但见：

> 轻盈体态，秋水精神。四珠环胜内家妆，一字冠成宫里样。未改宣和妆束，犹存帝里风流。

思温认得是故乡之人，感慨情怀，闷闷不已，因而困倦，假寐片时。那行者叫得醒来，开眼看时，不见那妇人。杨思温嗟呀道："我却待等他出来，恐有亲戚在其间，相认则个，又挫过了。"对行者道："适来入院妇女何在？"行者道："妇女们施些钱去了。临行道：'今夜且归，明日再来做些功德，追荐亲戚则个。'官人莫闷，明日却来相候不妨。"思温见说，也施些油钱与行者，相辞了，离罗汉院。绕寺寻遍，忽见僧堂壁上，留题小词一首，名《浪淘沙》：

> 尽日倚危栏，触目凄然，乘高望处是居延。忍听楼头吹画角，雪满长川。　　荏苒又经年，暗想南园，与民同乐午门前。僧院犹存宣政字，不见鳌山。

杨思温看罢留题，情绪不乐。归来店中，一夜睡不着。巴到天明起来，当日无话得说。

至晚，分付姨夫，欲往昊天寺，寻昨夜的妇人。走到大街上，人稠物攘，正是热闹！正行之间，忽然起一阵雷声。思温恐下雨，惊而欲回，抬头看时，只见银汉现一轮明月，天街点万盏华灯。宝烛烧空，香风拂地，仔细看时，却见四围人从，拥着一轮大车，从西而来，车声动地。跟随番官，有数十人。但见：

> 呵殿喧天，仪仗塞路。前面列十五对红纱照道，烛焰争辉；两下摆二十柄画杆金枪，宝光交际。香车似箭，侍从如云。

车后有侍女数人，其中有一妇女穿紫者，腰佩银鱼，手持净巾，以帛拥项。思温于月光之下仔细看时，好似哥哥国信所掌仪韩思厚妻——嫂嫂郑夫人意娘。这郑夫人，原是乔贵妃养女，嫁得韩掌仪。与思温都是同里人，遂结拜为表兄弟，思温呼意娘为嫂嫂。自后睽离，不复相问。着紫的妇人见思温，四目相睹，不敢公然招呼。思温随从车子，到燕市秦楼住下，车尽入其中。贵人上楼去，番官人从楼下坐。原来秦楼最广大，便以东京白樊楼一般，楼上有六十个阁儿，下面散铺七八十副桌凳。当夜卖酒，合堂热闹。

杨思温等那贵家入酒肆，去秦楼里面坐地，叫过卖至前。那人见了思温便拜。思温扶起道："休拜。"打一认时，却是东京白樊楼过卖陈三儿。思温甚喜，就教三儿坐，三儿再三不敢。思温道："彼此都是京师人，就是他乡遇故知，同坐不妨。"唱喏了，方坐。思温取出五两银子与过卖，分付："收了银子，好好供奉数品荤素酒菜上来。"与三儿一面吃酒说话。

三儿道："自丁未年至此，拘在金吾宅作奴仆。后来鼎建秦楼，为思旧日樊楼过卖，乃日纳买工钱八十，故在此做过卖。幸与官人会面。"正说话间，忽听得一派乐声。思温道："何处动乐？"三儿道："便是适来贵人，上楼饮酒的韩国夫人宅眷。"思温问韩国夫人事体。三儿道："这夫人极是照顾人，常常夜间将带宅眷来此饮酒，和养娘各坐。三儿常上楼供过伏事，常得夫人赏赐钱钞使用。"思温又问三儿："适间路边遇韩国夫人，车后宅眷丛里，有一妇人，似我嫂嫂郑夫人，不知是否？"三儿道："即要复官人。三儿每上楼供过众宅眷时，常见夫人；又恐不是，不敢厮认。"思温遂告三儿道："我有件事相烦你：你如今上楼供过韩国夫人宅眷时，就寻郑夫人。做我传语道：'我在楼下专候夫人下来，问哥哥详细。'"三儿应命上楼去，思温就座上等。

一时，只见三儿下楼，以指住下唇。思温晓得京师人市语，怎地，乃了事也。思温问："事如何？"三儿道："上楼得见郑夫人，说道：'五官人在下面等夫人下来，问哥哥消息。'夫人听得，便垂泪道：'叔叔原来也在这里。传与五官人，少刻便下楼，自与叔叔说话。'"思温谢了三儿，打发酒钱，乃出秦楼门前，伫立悬望。

不多时，只见祇候人从入去。少刻，番官人从簇拥一辆车子出来。思温候车子过，后面宅眷也出来，见紫衣佩银鱼、项缠罗帕妇女，便是嫂嫂。思温进前，共嫂嫂叙礼毕。遂问道："嫂嫂，因何与哥哥相别在此？"郑夫人揾泪道："妾自靖康之冬，与兄赁舟下淮楚。将至盱眙，不幸箭穿驾手，刀中梢公。妾有乐昌破镜之忧，汝兄被缧绁缠身之苦，为虏所掠。其酋撒八太尉相逼，我义不受辱，为其执虏至燕山。撒八太尉恨妾不从，见妾骨瘦如柴，遂鬻妾身于祖氏之家，后知是娼户。自思是品官妻，命官女，生如苏小卿何荣？死如孟姜女何辱？暗抽裙带，自缢梁间。被人得知，将妾救了。撒八太尉妻韩夫人闻而怜我，亟令救命，留我随侍。项上疮痕，至今未愈，是故项缠罗帕。仓皇别良人，不知安往。新得良人音耗，当时更衣遁走，今在金陵，复还旧职。至

今四载，未忍重婚。妾燃香炼顶，问卜求神，望金陵之有路，脱生计以无门。今从韩国夫人至此游宴，既为奴仆之躯，不敢久语。叔叔叮咛，蓦遇江南人，倩教传个音信。"

杨思温欲待再问其说，俄有番官，手持八棱抽攘，向思温道："我家奴婢，更夜之间，怎敢引诱？"拿起抽攘，迎脸便打。思温一见来打，连忙急走。那番官脚旷行迟，赶不上。走得脱，一身冷汗，慌忙归到姨夫客店。张二官见思温走回喘吁吁地，问道："做甚么直恁慌张？"思温将前事一一告诉。张二官见说，嗟呀不已。安排三杯与思温曖索，思温想起哥哥韩忠翊，嫂嫂郑夫人，那里吃得酒下？

愁闷中过了元宵，又是三月。张二官向思温道："我出去两三日即归，你与我照管店里则个。"思温问："出去何干？"张二官人道："今两国通和，奉使至维扬，买些货物便回。"杨思温见姨夫张二官出去，独自无聊，昼长春困，散步大街至秦楼，入楼闲望一晌。乃见一过卖至前唱喏，便叫："杨五官！"思温看时，好生面熟，却又不是陈三。是谁？过卖道："男女东京寓仙酒楼过卖小王。前时陈三儿被左金吾叫去，不令出来。"思温不见三儿在秦楼，心下越闷，胡乱买些点心吃。便问小王道："前次上元夜韩国夫人来此饮酒，不知你识韩国夫人住处么？"小王道："男女也曾问他府中来，道是天王寺后。"

说犹未了，思温抬头一看，壁上留题，墨迹未干。仔细读之，题道："昌黎韩思厚舟发金陵，过黄天荡。因感亡妻郑氏，船中作相吊之词，名《御阶行》：

合和朱粉千余两，捻一个，观音样。大都却似两三分，少付玲珑五脏。等待黄昏，寻好梦底，终夜空劳攘。　　香魂媚魄知何往？料只在，船儿上。无言倚定小门儿，独对滔滔雪浪。若将愁泪，还做水算，几个黄天荡！

杨思温读罢，骇然魂不附体。"题笔正是哥哥韩思厚，怎地，是嫂嫂没了。我正月十五日，秦楼亲见，共我说话，道在韩国夫人宅为侍妾。今却没了，这事难明。"惊疑未决，遂问小王道："墨迹未干，题笔人何在？"小王道："不知。如今两国通和，奉使至此，在本道馆驿安歇。适来四五人来此饮酒，遂写于此。"说话的，错说了。使命入国，岂有出来闲走买酒吃之理？按《夷坚志》载，那时法禁未立，奉使官听从与外人往来。

当日是三月十五日，杨思温问："本道馆在何处？"小王道："在城南。"思温还了酒钱，下楼，急去本道馆，寻韩思厚。到得馆道，只见苏、许二掌仪在馆门前闲看。二个都是旧日相识，认得思温，近前唱喏，还礼毕。问道："杨兄何来？"思温道："特来寻哥哥韩掌仪。"二人道："在里面会文字，容入去唤他出来。"二人遂入去，叫韩掌仪出到馆前。思温一见韩掌仪，连忙下拜，一悲一喜，便是他乡遇契友，燕山逢故人。思温问思厚："嫂嫂安乐？"思厚听得说，两行泪下，告诉道："自靖康之冬，与汝嫂雇船，将下淮楚。路至盱眙，不幸箭穿篙手，刀中梢公。尔嫂嫂有乐昌破镜之忧，兄被缧绁缠身之苦。我被虏执于野寨，夜至三鼓，以苦告得脱。然亦不知尔嫂嫂存亡。后有仆人周义，伏在草中，见尔嫂被虏撒八太尉所逼，尔嫂义不受辱，以刀自刎而死。我后奔走行在，复还旧职。"思温问道："此事还是哥哥目击否？"思厚道："此事周义亲自报我。"思温道："只恐不死。今岁元宵，我亲见嫂嫂同韩国夫人出游，宴于秦楼。思温使陈三儿上楼寄信，下楼与思温相见。所说事体，前面与哥哥一同。也说道哥哥复还旧职，到今四载，未忍重婚。"思厚听得说，理会不下。思温道："容易决其死生。何不同往天王寺后，韩国夫人宅前打听，问个明白？"思厚道："也说得是。"乃入馆中，分付同事；带当直随后，二个同行。

倏忽之间，走至天王寺后。一路上悄无人迹，只冗一所空宅，门生蛛网，户积尘埃，荒草盈阶，绿苔满地，锁着大门。杨思温道："多是后门。"沿墙且行数十步，墙边只有一家。见一个老儿在里面打丝线，向前唱喏道："老丈，借问韩国夫人宅那里进去？"老儿禀性躁暴，举止粗俗，全不采人。二人再四问他，只推不知。

顷间，忽有一老妪提着饭篮，口中喃喃埋冤，怨畅那大伯。二人遂与婆婆唱喏，婆子还个万福，语音类东京人。二人问："韩国夫人宅在那里？"婆子正待说，大伯又埋怨多口。婆子不管大伯，向二人道："媳妇是东京人，大伯是山东拗蛮，老媳妇没兴，嫁得此畜生，全不晓事！逐日送些茶饭，嫌好道歹，且是得人憎。便做到官人问句话，就说何妨？"那大伯口中又哓哓的不住。婆子不管他，向二人道："韩国夫人宅，前面锁着宽宅便是。"二人吃一惊，问："韩夫人何在？"婆子道："韩夫人前年化去了。他家搬移别外，韩夫人埋在花园内。官人不信时，媳妇同去看一看，好么？"大伯又说："莫得入去，官府知道，引惹事端，带累我。"

婆子不采，同二人便行。路上就问："韩国夫人宅内有郑义娘，今在否？"婆子便道；"官人不是国信所韩掌仪，名思厚？这官人不是杨五官，名思温么？"二人大惊，问："婆婆如何得知？"婆子道："媳妇见郑夫人说。"思厚又问："婆婆如何认得拙妻？今在甚处？"婆婆道："二年前时，有撒八太尉，曾于此宅安下。其妻韩国夫人崔氏，仁慈恤物，极不可得。常唤媳妇入宅，见夫人说，撒八太尉自盱眙掠得一妇人，姓郑，小字义娘，甚为太尉所喜。义娘誓不受辱，自刎而死。夫人悯其贞节，与火化，收骨盛匣。以后韩夫人死，因随葬在此园内。虽死者，与活人无异！媳妇入园内去，常见郑夫人出来。初时也有些怕，夫人道：'婆婆莫怕，不来损害婆婆，有些衷曲间告诉则个。'夫人说道是京师人，姓郑，名义娘。幼年进入乔贵妃位做养女，后出嫁忠翊郎韩思厚。有结义叔叔杨五官，名思温。——与老媳妇说。又说盱眙事迹，'丈夫见在金陵为官，我为他守节而亡。'寻常阴雨时，我多入园中，与夫人相见闲话。官人要问仔细，见了自知。"

三人走到适来锁着的大宅，婆婆逾墙而入，二人随后也入里面去。只见打鬼净净的一座败落花园，三人行步间，满地残英芳草。寻访妇人，全没踪迹。正面三间大堂，堂上有个屏风，上面山水，乃郭熙所作。思厚正看之间，忽然见壁上有数行字。思厚细看字体柔弱，全似郑义娘夫人所作。看了大喜道："五弟，嫂嫂只在此间。"思温问："如何见得？"思厚打一看，看其笔迹，乃一词，词名《好事近》：

往事与谁论？无语暗弹泪血。何处最堪怜？肠断黄昏时节。

倚楼凝望又徘徊，谁解此情切？何计可同归？雁趁江南春色。

后写道："季春望后一日作。"二人读罢道："嫂嫂只今日写来，可煞惊人！"

行至侧首，有一座楼，二人共婆婆扶着栏杆登楼。至楼上，又有巨屏一座，字体如前，写着《忆良人》一篇，歌曰：

孤云落日春云低，良人宵宵羁天涯。

东风蝴蝶相交飞，对景令人益惨凄。

尽日望郎郎不至，素质香肌转憔悴。

满眼韶华似酒浓，花落庭前鸟声碎。

孤帏悄悄夜迢迢，漏尽灯残香已销。

秋千院落久停戏，双悬彩索空摇摇。

眉兮眉兮春黛蹙，泪兮泪兮常满掬。

无言独步上危楼，倚遍栏杆十二曲。

荏苒流光疾似梭，滔滔逝水无回波。

良人一过不复返，红颜欲老将如何？

韩思厚读罢，以手拊壁而言：“我妻不幸为人驱虏。”正看之间，忽听杨思温急道：“嫂嫂来也！”思厚回头看时，见一妇人，项拥香罗而来。思温仔细认时，正是秦楼见的嫂嫂。那婆婆也道：“夫人来了！”三人大惊，急走下楼来寻。早转身入后堂左廊下，趁入一阁子内去。二人惊惧。婆婆道：“既已到此，可同去阁子里看一看。”

婆子引二人到阁前，只见关着阁子门，门上有牌面写道：“韩国夫人影堂。”婆子推开槅子，三人入阁子中看时，却是安排供养着一个牌位，上写着：“亡室韩国夫人之位。”侧边有一轴画，是义娘也。牌位上写着：“侍妾郑义娘之位。”面前供桌，尘埃尺满。韩思厚看见影神上衣服容貌，与思温元夜所见的无二，韩思厚泪下如雨。婆子道：“夫人骨匣，只在桌下。夫人常提起教媳妇看，是个黑漆匣，有两个输石环儿。每遍提起，夫人须哭一番，和我道：'我与丈夫守节丧身，死而无怨。'"思厚听得说，乃恳婆子同揭起砖，取骨匣归葬金陵，当得厚谢。婆婆道："不妨。"三人同掇起供桌，揭起花砖，去掇匣子。用力掇之，不能得起，越掇越牢。思温急止二人："莫掇，莫掇！哥哥，须晓得嫂嫂通灵。今既取去，也要成礼。且出此间，备些祭仪，作文以白嫂嫂，取之方可。"韩思厚道："也说得是。"三人再逾墙而去。到打线婆婆家，令仆人张谨买下酒脯、香烛之物，就婆婆家做祭文。等至天明，一同婆婆、仆人搬挈祭物，逾墙而入，在韩国夫人影堂内，铺排供养讫。

等至三更前后，香残烛尽，杯盘零落，星宿渡河汉之候，酌酒奠飧。三奠已毕，思厚当灵筵下披读祭文。读罢，流泪如倾，把祭文同纸钱烧化。忽然起一阵狂风，这风吹得烛有光以无光，灯欲灭而不灭，三人浑身汗颤。风过处，听得一阵哭声。风定烛明，三人看时，烛光之下，见一妇女，媚脸如花，香肌似玉，项缠罗帕，步蹩金莲，敛袂向前，道声："叔叔万福。"二人大惊叙礼。韩思厚执手向前，哽咽流泪。哭罢，郑夫人向着思厚道："昨者盱眙之事，我夫今已明矣。只今元夜秦楼，与叔叔相逢，不得尽诉衷曲。当时妾若贪生，必须

玷辱我夫。幸而全君清德若瑾瑜，弃妾性命如土芥，至有今日生死之隔，终天之恨。”说罢，又哭一次。婆婆劝道：“休哭，且理会迁骨之事。”郑夫人收哭而坐，三人进些饮馔，夫人略飨些气味。

思温问：“元夜秦楼下相逢，嫂嫂为韩国夫人宅眷，车后许多人，是人是鬼？”郑夫人道：“太平之世，人鬼相分；今日之世，人鬼相杂。当时随车，皆非人也。”思厚道：“贤妻为吾守节而亡，我当终身不娶，以报贤妻之德。今愿迁贤妻之香骨共归金陵可乎？”夫人不从道：“婆婆与叔叔在此，听奴说：今蒙贤夫念妾孤魂在此，岂不愿归从夫？然须得常常看我，庶几此情不隔冥漠。倘若再娶，必不我顾，则不如不去为强。”三人再三力劝，夫人只是不肯，向思温道：“叔叔岂不知你哥哥心性，我在生之时，他风流性格，能以拘管；今妾已作故人，若随他去，怜新弃旧，必然之理。”思温再劝道：“嫂嫂听思温说，哥哥今来不比往日，感嫂嫂贞节而亡，决不再娶！今哥哥来取，安忍不随回去？愿从思温之言。”夫人向二人道：“谢叔叔如此苦苦相劝。若我夫果不昧心，愿以一言为誓，即当从命。”说罢，思厚以酒沥地为誓：“若负前言，在路盗贼杀戮，在水巨浪覆舟。”

夫人急止思厚："且住，且住！不必如此发誓。我夫既不重娶，愿叔叔为证见。"道罢，忽地又起一阵香风，香过，遂不见了夫人。

三人大惊讶。复添上灯烛，去供桌底下揭起花砖，款款掇起匣子，全不费力。收拾逾墙而出，至打绦婆婆家。次晚，以白银三两，谢了婆婆；又以黄金十两，赠与思温，思温再辞方受。思厚别了思温，同仆人张谨，带骨匣归本驿。俟月余，方得回书，令奉使归。思温将酒饯别，再三叮咛："哥哥无忘嫂嫂之言。"

思厚同一行人从，负夫人骨匣，出燕山丰宜门，取路而归，月余，方抵盱眙。思厚到驿中歇泊，忽一人唱喏便拜。思厚看时，乃是旧仆人周义，今来谢天地，在此做个驿子。遂引思厚入房，只见挂一幅影神，画着个妇人；又有牌位儿上写着："亡主母郑夫人之位。"思厚怪而问之。周义道："夫人贞节，为官人而死。周义亲见，怎的不供奉夫人？"思厚因把燕山韩夫人宅中事，从头说与周义；取出匣子，教周义看了。周义展拜啼哭。思厚是夜与周义抵足而卧。

至次日天晓，周义与思厚道："旧日二十余口，今则惟影是伴，情愿伏事官人去金陵。"思厚从其请，将带周义归金陵。思厚至本所，将回文呈纳。周义随着思厚，卜地于燕山之侧，备礼埋葬夫人骨匣毕。思厚不胜悲感，三日一诣坟所缞祭，至暮方归，遂令周义守坟茔。

忽一日，苏掌仪、许掌仪说："金陵土星观观主刘金坛，虽是个女道士，德行清高。何不同往观中，做些功德，追荐令政？"思厚依从。选日同苏、许二人到土星观，来访刘金坛时，你说怎生打扮？但见：

> 顶天青巾，执象牙简。穿白罗袍，着翡翠履。不施朱粉，分明是梅萼凝霜；淡伫精神，仿佛如莲花出水。仪容绝世，标致非凡！

思厚一见，神魂散乱，目睁口呆。叙礼毕，金坛分付一面安排做九幽醮，且请众官到里面看灵芝。三人同入去，过二清殿、翠华轩，从八卦坛房内，转入绛绡馆，原来灵芝在绛绡馆。众人去看灵芝，惟思厚独入金坛房内闲看。但见明窗净几，铺陈玩物。书案上文房四宝，压纸界方下露出些纸。信手取看时，是一幅词，上写着《浣溪沙》：

> 标致清高不染尘，星冠云氅紫霞裙。门掩斜阳无一事，抚瑶琴。

虚馆幽花偏惹恨，小窗闲月最消魂。此际得教还俗去，谢天尊！

韩思厚初观金坛之貌，已动私情；后观纸上之词，尤增爱念。乃作一词，名《西江月》，词道：

玉貌何劳朱粉，江梅岂类群花？终朝隐几论黄芽，不顾花前月下！

冠上星簪北斗，杖头经挂《南华》。不知何日到仙家，曾许彩鸾同跨？

拍手高唱此词。金坛变色焦躁说："是何道理？欺我孤弱，乱我观宇！"命人取轿来，"我自去见恩官，与你理会。"苏、许二人再四劝住，金坛不允。韩思厚就怀中取出金坛所作之词，教众人看，说："观主不必焦躁，这个词儿，是谁做的？"吓得金坛安身无地，把怒色都变做笑容，安排筵席，请众官共坐，饮酒作乐，都不管做功德追荐之事。酒阑，二人各有其情，甚相爱慕，尽醉而散。

这刘金坛原是东京人。丈夫是枢密院冯六承旨，因靖康年间同妻刘氏雇舟避难来金陵。去淮水上，冯六承旨被冷箭落水身亡。其妻刘氏发愿，就土星观出家，追荐丈夫。朝野知名，差做观主。此后韩思厚时常往来刘金坛处。

忽一日，苏、许二掌仪醵金备礼，在观中请刘金坛、韩思厚。酒至数巡，苏、许二人把盏，劝思厚与金坛道："哥哥既与金坛相爱，乃是宿世因缘。今外议藉藉，不当稳便。何不还了俗，用礼通媒；娶为嫂嫂，岂不美哉！"思厚、金坛从其言。金坛以钱买人告还俗；思厚选日下定，娶归成亲。一个也不追荐丈夫，一个也不看顾坟墓，倚窗携手，惆怅论心。

成亲数日，看坟周义不见韩官人来上坟，自诣宅前探听消息。见当直在门前，问道："官人因甚这几日不来坟上？"当直道："官人娶了土星观刘金坛做了孺人，无工夫上坟。"周义是北人，性直，听说，气忿忿地。恰好撞见思厚出来，周义唱喏毕，便着言语道："官人，你好负义！郑夫人为你守节丧身，你怎下得别娶孺人？"一头骂，一头哭夫人。韩思厚与刘金坛新婚，恐不好看，喝教当直们打出周义。周义闷闷不已，先归坟所。当日是清明，周义去夫人坟前哭着告诉许多。是夜，睡至三更，郑夫人叫周义道："你韩掌仪在那里住？"周义把思厚辜恩负义，娶刘氏事，一一告诉他一番："如今在三十六丈街住，夫人自去寻他理会。"夫人道："我去寻他。"周义梦中惊觉，一身冷汗。

且说那思厚共刘氏新婚欢爱，月下置洒赏玩。正饮酒间，只见刘氏柳眉剔竖，杏眼圆睁，以手揪住思厚不放，道："你忒煞亏我，还我命来！"身是刘氏，语音是郑夫人的声气。唬得思厚无计可施，道："告贤妻饶恕。"那里肯放。正摆拨不下，忽报苏、许二掌仪步月而来望思厚。见刘氏揪住思厚不放，二人解脱得手。思厚急走出，与苏、许二人商议请笪桥铁索观朱法官来救治。即时遣张谨请到朱法官。法官见了刘氏道："此冤抑，不可治之，只好劝谕。"刘氏自用手打掴其口与脸上，哭着告诉法官以燕山踪迹。又道："望法官慈悲做主。"朱法官再三劝道："当做功德追荐超生。如坚执不听，冒犯天条！"刘氏见说，哭谢法官："奴奴且退。"少刻，刘氏方苏。法官书符与刘氏吃，又贴符房门上。法官辞去，当夜无事。

次日，思厚赍香纸诣笪桥谢法官。方坐下，家中人来报说："孺人又中恶。"思厚再告法官，同往家中救治。法官云："若要除根好时，须将燕山坟发掘，取其骨匣，弃于长江，方可无事。"思厚只得依从所说，募土工人等，同往掘开坟墓，取出郑夫人骨匣，到扬子江边，抛放水中。自此，刘氏安然。怎地时，负心的无天理报应，岂有此理？

思厚负了郑义娘，刘金坛负了冯六承旨。至绍兴十一年，车驾幸钱塘，官民百姓皆从。思厚亦挈家离金陵，到于镇江。思厚因想金山胜景，乃赁舟同妻刘氏江岸下船。行到江心，忽听得舟人唱《好事近》词，道是：

往事与谁论？无语暗弹泪血。何处最堪怜？肠断黄昏时节。

倚门凝望又徘徊，谁解此情切？何计可同归？雁趁江南春色。

思厚审听所歌之词，乃燕山韩国夫人郑氏义娘题屏风者，大惊遂问梢公："此曲得自何人？"梢公答曰："近有使命入国至燕山，满城皆唱此词。乃一打线婆婆，自韩国夫人宅中屏上录出来的。说是江南一官人浑家，姓郑，名义娘，因贞节而死，后来郑夫人丈夫私挈其骨归江南。此词传播中外。"思厚听得说，如万刃攒心，眼中泪下。须臾之间，忽见江中风浪俱生，烟涛并起，异鱼出没，怪兽掀波。见水上一人，波心涌出，顶万字巾，把手揪刘氏云鬓，掷入水中。侍妾高声叫喊："孺人落水！"急唤思厚教救，那里救得？俄顷，又见一妇人，项缠罗帕，双眼圆睁，以手揪思厚，拽入波心而死。舟人欲救不能，遂惆怅而归。叹古今负义人皆如此，乃传之于人。诗曰：

一负冯君罹水厄，一亏郑氏丧深渊。

宛如孝女寻尸死，不若三间为主愆。

第二十二卷　晏平仲二桃杀三士

大禹涂山御座开，诸侯玉帛走如雷。

防风谩有专车骨，何事兹辰最后来？

此篇言语，乃胡曾待。昔三皇禅位，五帝相传。舜之时，洪水滔天，民不聊生。舜使鲧治水，鲧无能，其水横流。舜怒，将鲧殛于羽山。后使其子禹治水，禹疏通九河，皆流入海，三过其门而不入。会天下诸侯于会稽涂山，迟到误期者斩。惟有防风氏后至，禹怒而斩之，弃其尸于原野。后至春秋时，越国于野外，掘得一骨专车，言一车只载得一骨节。诸人不识，问于孔子，孔子曰："此防风氏骨也。被禹王斩之，其骨尚存。"有如此之大人也。当时防风氏正不知长大多少。古人长者最多，其性极淳，丑陋如兽者亦多，神农氏顶生肉角。

岂不闻昔人有云：古人形似兽，却有大圣德；今人形似人，兽心不可测。

今日说三个好汉，被一个身不满三尺之人，聊用微物，都断送了性命。昔春秋列国时，齐景公朝有三个大汉：一人姓田，名开疆，身长一丈五尺。其人生得面如噀血，目若朗星，雕嘴鱼腮，板牙无缝。比时曾随景公猎于桐山。忽然于西山之中，赶起一只猛虎来。其虎奔走，径扑景公之马。马见虎来，惊倒景公在地。田开疆在侧，不用刀枪，双拳直取猛虎。左手揪住项毛，右手挥拳而打，用脚望面门上踢，一顿打死那只猛虎，救了景公。文武百官，无不畏惧。景公回朝，封为寿宁君，是齐国第一个行霸道的。却说第二个，姓顾，名冶子，身长一丈三尺，面如泼墨，腮吐黄须，手似铜钩，牙如锯齿。此人曾随景公渡黄河。忽大雨骤至，波浪汹涌，舟船将覆，景公大惊。见云雾中火块闪烁，戏于水面。顾冶子在侧，言曰："此必是黄河之蛟也。"景公曰："如之奈何？"顾冶子曰："主公勿虑，容臣斩之。"拔剑裸衣下水，少刻，风浪俱息。见顾冶子手提蛟头，跃水而出。景公大骇，封为武安君。这是齐国第二个行霸道的。第三个姓公孙，名捷，身长一丈二尺，头如累塔，眼生三角，板肋猿背，力举千斤。一日，秦兵犯界，景公引军马出迎，被秦兵杀败，引军赶来，围住在凤鸣山。公孙捷用铁阑一条，约至一百五十斤，杀入秦兵之内，秦兵十万，措手不及，救出景公。封为威远君。这是齐国第三个行霸道的。这三个结为兄弟，誓说生死相托。三个不知文墨礼让，在朝廷横行，视君臣如同草木。景公见三人上殿，如芒刺在背。

一日，楚国使中大夫靳尚前来本国求和。原来齐、楚二邦乃是邻国，二国交兵二十余年，不曾解和。楚王乃命靳尚为使入见景公，奏曰："齐、楚不和，交兵岁久，民有倒悬之患。今特命臣入国讲和，永息刀兵。俺楚国襟三江而带五湖，地方千里，粟支数年，足食足兵，可为上国。王可裁之，得名获利。"却说田、顾、公孙三人大怒，叱靳尚曰："量汝楚国何足道哉！吾三人亲提雄兵，将楚国践为平地，人人皆死，个个不留。"喝靳尚下殿，教金瓜武士斩讫报来。阶下转过一人，身长三尺八寸，眉浓目秀，齿白唇红，乃齐国丞相，姓晏，名婴，字平仲。前来喝住武士，备问其详。靳尚说了，晏子便教放了靳尚，先回本国，"吾当亲至讲和。"乃上殿奏知景公。三人大怒曰："吾欲斩之，汝何故放还本国？”晏子曰：“岂不闻‘两国战争，不斩来使’？他独自到这里，擒住斩之，邻国知道，万世笑端。晏婴不才，凭三寸舌，亲到楚国，令彼君臣，皆顿首谢罪于阶下，尊齐为上国。并不用刀兵士马，此计若何？”三士怒发冲冠，皆叱曰：“汝乃黄口侏儒小儿，国人无眼，命汝为相，擅敢乱开大口！吾三人有诛龙斩虎之威，力敌万夫之勇，亲提精兵，平吞楚国。要汝何用？”景公曰：“丞相既出大言，必有广学。且待入楚之后，若果获利，胜似兴兵。”三士曰：“且看侏儒小儿这回为使，若折了我国家气概，回来时砍为肉泥！”三士出朝。景公曰：“丞相此行，不可轻忽。”晏子曰：“主上放心。至楚邦，视彼君臣如土壤耳。”遂辞而行，从者十余人跟随。

车马已至郢都，楚国臣宰奏知。君臣商议曰：“齐晏子乃舌辨之士，可定下计策，先塞其口，令不敢来下说词。”君臣定计了，宣晏子入朝。晏子到朝门，见金门不开，下面闸板止留半段，意欲令晏子低头钻入，以显他矮小辱之。晏子望见下面便钻，从人急止之曰：“彼见丞相矮小，故以辱之，何中其计？”晏子大笑曰：“汝等岂知之耶？吾闻人有人门，狗有狗窦。使于人，即当进人门；使于狗，即当进狗窦。有何疑焉？"楚臣听之，火急开金门而接。晏子旁若无人，昂然而入。

至殿下，礼毕，楚王问曰："汝齐国地狭人稀乎？"晏子曰："臣齐国东连海岛，西跨魏秦，北拒赵燕，南吞吴楚；鸡鸣犬吠相闻，数千里不绝，安得为地狭耶？"楚王曰："地土虽阔，人物却少。"晏子曰："臣国中人呵气如云，沸汗如雨，行者摩肩，立者并迹，金银珠玉，堆积如山，安得人物稀少耶？"楚王曰："既然地广人稠，何故使一小儿来吾国中为使耶？"晏子答曰："使于大国者，则用大人；使于小国者，则当用小儿。因此特命晏婴到此。"楚王视臣下，无言可答。请晏婴上殿，命座。侍臣进酒，晏子欣然畅饮，不以为意。

少刻，金瓜簇拥一人至筵前，其人口称冤屈。晏子视之，乃齐国带来从者，问："得何罪？"楚臣对曰："来筵前作贼，盗酒器而出。被户尉所获，乃真赃正犯也。"其人曰："实不曾盗，乃户尉图赖。"晏子曰："真赃正犯，尚敢抵赖！速与吾牵出市曹斩之。"楚臣曰："丞相远来，何不带诚实之人？令从者作贼，其主岂不羞颜？"晏子曰："此人自幼跟随，极知心腹。今日为盗，有何难见？昔在齐国是个君子，今到楚国却为小人，乃风俗之所变也。吾闻江南洞庭有一树，生一等果，其名曰橘。其色黄而香，其味甜而美。若将此树移于北方，结成果木，乃名枳实。其色青而臭，其味酸而苦。名谓南橘北枳，便分两等，乃风俗之不等也。以此推之，在齐不为盗，在楚为盗，更复何疑？"

楚王大惭，急离御座，拱手于晏子曰："真乃贤士也！吾国中大小公卿，万不及一。愿赐见教，一听严命。"晏子曰："王上安坐，听臣一言。齐国中有三士，皆万夫不当之勇，久欲起兵来吞楚国，吾力言不可，齐、楚不睦，苍生受害，心何忍焉？今臣特来讲和，王上可亲诣齐国和亲，结为唇齿之邦，歃血为盟。若邻国加兵，互相救应，永无侵扰，可保万年之基业。若不听臣，祸不远矣。非臣相唬，愿王裁之。"王曰："闻公之才，寡人情愿和亲。但所患者，齐三士皆无仁义之人，吾不敢去。"晏子曰："王上放心，臣愿保驾。聊施小计，教三士死于大王之前，以绝两国之患。"楚王曰："若三士俱亡，吾宁为小邦，年朝岁贡而无怨。"晏子许之。楚王乃大设筵席，送令先去，随后收拾进献礼物而至。

晏子先使人归报，齐景公闻之大喜，令大小公卿："尽随吾出郭迎接丞相。"三士闻之转怒。晏子至，景公下车而迎。慰劳已毕，同载而回。齐国之人看者塞途。晏子辞景公回府。次日入宫，见三士在阁下博戏，晏子进前施礼。三士亦不回顾，傲忽之气，旁若无人。晏子侍立久之，方自退。入见景公，说三士如此无礼。景公曰："此三人如常带剑上殿，视吾如小儿，久必篡位矣。素欲除之，恨力不及耳。"晏子曰："主上宽心，来朝楚国君臣皆至，可大张御宴，待臣于筵间略施小计，令三士皆自杀，何如？"景公曰："计将安出？"晏子曰："此三人者皆一勇匹夫，并无谋略，若如此如此，祸必除矣。"景公喜。

次日，楚王引文武官僚百余员，车载金珠玩好之物，亲至朝门。景公请入，楚王先下拜，景公忙答礼罢，二君分宾主而坐。楚王令群臣罗拜除下，楚王拱手伏罪曰："二十年间，多有凶犯。今因丞相之言，特来请罪。薄礼上贡，望乞恕纳。"齐景公谢讫，大设筵宴，二国君臣相庆。三士带剑立于殿下，昂昂自若。晏子进退揖让，并不谄于三士。

酒至半酣，景公曰："御园金桃已熟，可采来筵间食之。"须臾，一宫监金盘内捧出五枚。齐王曰："园中桃树，今岁止收五枚，味甜气香，与他树不同。丞相捧杯进酒，以庆此桃。"上古之时，桃树难得，今园中有此五枚，为希罕之物。晏子捧玉爵行酒，先进楚王。饮毕，食其一桃。又进齐王，饮毕，食其一桃。齐王曰："此桃非易得之物，丞相合二国和好，如此大功，可食一桃。"晏子跪而食之，赐酒一爵。齐王曰："齐、楚二国公卿之中，言其功勋大者，当食此桃。"田开疆挺身而出，立于筵上而言曰："昔从主公猎于桐山，力诛猛虎，其功若何？"齐王曰："擎王保驾，功莫大焉。"晏子慌忙进酒一爵，食桃一枚，归于班部。顾冶子奋然便出，曰："诛虎者未为奇，吾曾斩长蛟于黄河，救主上回故国，觑洪波巨浪，如登平地，此功若何"？王曰："此概世之功也，进酒赐桃，又何疑哉？"晏子慌忙进酒赐桃。公孙捷撩衣破步而出，曰："吾曾于十万军中，手挥铁阕，救主公出，军中无敢近者，此功若何？"齐王曰："据卿之功，极天际地，无可比者。争奈无桃可赐，赐酒一杯，以待来年。"晏子曰："将军之功最大，可惜言之太迟！以此无桃，掩其大功。"公孙捷按剑而言曰："诛龙斩虎，小可事耳。吾纵横于十万军中，如入无人之境，力救主上，建立大功，反不能食桃，受辱于两国君臣之前，为万代之耻笑，安有面目立于朝廷耶？"言讫，遂拔剑自刎而死。田开疆大惊，亦拔剑而言曰："我等微功而食桃，兄弟功大反不得食，吾之羞耻，何日可脱？"言讫，自刎而死。顾冶子奋气大呼曰："吾三人义同骨肉，誓同生死；二人既亡，吾安能自活？"言讫，亦自刎而亡。晏子笑曰："非二桃不能杀三士，今已绝虑，吾计若何？"楚王下坐，拜伏而叹曰："丞相神机妙策，安敢不伏耶？自今以后，永尊上国，誓无侵犯。"齐王将三士敕葬于东门外。

自此齐、楚连和，绝其士马，齐为霸国。晏子名扬万世，宣圣亦称其善。后来诸葛孔明曾为《梁父吟》，单道此事，吟曰：

> 步出齐城门，遥望汤阴里；里中有三坟，累累正相似。问是谁家冢？田疆顾冶氏。力能排南山，文能绝地理。一朝被谗言，二桃杀三士。谁能为此谋？相国齐晏子。

又《满江红》词一篇，古人单道此事，词云：

> 齐景雄风，因习战、海滨败猎。正驱驰，忽逢猛兽，众皆惊绝。壮士开疆能奋勇，双拳杀虎身流血。救君危，拜爵宠恩荣，真豪杰！

顾冶子，除妖孽；强秦战，公孙捷。笑三人恃勇，在齐猖獗。只被晏婴施小巧，二桃中计皆身灭。齐东门，累累有三坟，荒郊月。

第二十三卷　沈小官一鸟害七命

飞禽惹起祸根芽，七命相残事可嗟。

奉劝世人须鉴戒，莫教儿女不当家。

话说大宋徽宗朝宣和三年，海宁郡武林门外北新桥下，有一机户，姓沈，名昱，字必显，家中颇为丰足。娶妻严氏，夫妇恩爱。单生一子，取名沈秀，年长一十八岁，未曾婚娶。其父专靠织造段匹为活。不想这沈秀不务本分生理，专好风流闲耍，养画眉过日。父母因惜他一子，以此教训他不下。街坊邻里取他一个浑名，叫做"沈鸟儿"。每日五更，提了画眉，奔入城中柳林里来拖画眉，不只一日。忽至春末夏初，天气不暖不寒，花红柳绿之时。当日，沈秀侵晨起来，梳洗罢，吃了些点心，打点笼儿，盛着个无比赛的画眉。这畜生：只除天上有，果系世间无！将他各处去斗，俱斗他不过，成百十贯赢得。因此十分爱惜他，如性命一般。做一个金漆笼儿，黄铜钩子，哥窑的水食罐儿，绿纱罩儿，提了在手，摇摇摆摆，径奔入城，往柳林里去拖画眉。不想这沈秀一去，死于非命，好似：

猪羊进入宰生家，一步步来寻死路。

当时沈秀提了画眉，径到柳林里来，不意来得迟了些，众拖画眉的俱已散了，净荡荡、黑阴阴，没一个人往来。沈秀独自一个，把画眉挂在柳树上，叫了一回。沈秀自觉没情没绪，除了笼儿，正要回去。不想小肚子一阵疼，滚将上来，一块儿蹲到在地上。原来沈秀有一件病在身上，叫做"主心馄饨"，一名"小肠疝气"，每常一发一个小死。其日想必起得早些，况又来迟，众人散了，没些情绪，闷上心来。这一次甚是发得凶，一跌倒在柳树边，有两个时辰不醒人事。

你道事有辏巧，物有偶然。这日有个箍桶的，叫做张公，挑着担儿，径往柳林里穿过，褚家堂做生活。远远看见一个人，倒在树边，三步那做两步，近前歇下担儿。看那沈秀，脸色腊查黄的，昏迷不醒；身边并无财物，止有一个画眉笼儿，这畜生此时越叫得好听。所以一时见财起意，穷极计生，心中想道："终日括得这两分银子，怎地得快活？"只是这沈秀当死，这画眉见了张公，分外叫得好。张公道："别的不打紧，只这个画眉，少也值二三两银子。"便提在手，却待要走。不意沈秀正苏醒，开眼见张公提着笼儿，要挣身子不起，只口里骂道："老忘八！将我画眉那里去？"张公听骂，"这小狗入的，忒也嘴尖！我便拿去，他倘爬起赶来，我倒反吃他亏。一不做，二不休，左右是歹了。"却去那桶里，取出一把削桶的刀来，把沈秀按住一勒。那湾刀又快，力又使得猛，那头早滚在一边。张公也慌张了，东观西望，恐怕有人撞见。却抬头见一株空心杨柳树，连忙将头提起，丢在树中。将刀放在桶内，笼儿挂在担上，也不去褚家堂做生活，一道烟径走，穿街过巷，投一个去处。你道只因这个画眉，生生的害了几条性命？正是：

> 人间私语，天闻若雷。
>
> 暗室亏心，神目如电。

当时张公一头走，一头心里想道："我见湖州墅里客店内，有个客人，时常要买虫蚁，何不将去卖与他？"一径望武林门外来。也是前生注定的劫数，却好见三个客人，两个后生跟着，共是五人，正要收拾货物回去，却从门外进来，客人俱是东京汴梁人。内中有个姓李，名吉，贩卖生药。此人平昔也好养画眉，见这箍桶担上好个画眉，便叫："张公，借看一看。"张公歇下担子，那客人看那画眉，毛衣并眼，生得极好，声音又叫得好，心里爱它。便问张公："你肯卖么？"此时张公巴不得脱祸，便道："客官，你出多少钱？"李吉转看转好，便道："与你一两银子。"张公自道着手了，便道："本不当计较，只是爱者如宝，添些便罢。"那李吉取出三块银子，秤秤看，到有一两二钱，道："也罢。"递与张公。张公接过银子，看一看，将来放在荷包里，将画眉与了客人，别了便走。口里道："发脱得这祸根，也是好事了。"不上街做生理，一直奔回家去，心中也自有些不爽利。正是：

> 作恶恐遭天地责，欺心犹怕鬼神知。

原来张公正在涌金门城脚下住，止婆老两口儿，又无儿子。婆儿见张公回来，便道："箍子一条也不动，缘何又回来得早？有甚事干？"张公只不答应，挑着担子，径入门歇下，转身关上大门。道："阿婆，你来，我与你说话。恰才如此如此，谋得这一两二钱银子，与你权且快活使用。"两口儿欢天喜地。不在话下。

却说柳林里无人来往，直至巳牌时分，两个挑粪庄家，打从那里过。见了这没头尸首挡在地上，吃了一惊，声张起来。当坊里甲邻佑，一时嚷动。本坊申呈本县，本县申府。次日，差官吏、仵作人等，前来柳阴里，检验得浑身无些伤痕，只是无头，又无苦主。官吏回覆本府，本府差应捕挨获凶身。城里城外，纷纷乱嚷。

却说沈秀家，到晚不见他回来，使人去各处寻不见。天明，央人入城寻时，只见湖州墅嚷道："柳林里杀死无头尸首。"沈秀的娘听得说，想道："我的儿子昨日入城拖画眉，至今无寻他处，莫不得是他？"连叫丈夫："你必须自进城打听。"沈昱听了一惊，慌忙自奔到柳林里。看了无头尸首，仔细定睛，上下看了衣服，却认得是儿子，大哭起来。本坊里甲道："苦主有了，只无凶身。"其时，沈昱径到临安府告说："是我的儿子。昨日五更入城拖画眉，不知怎的被人杀了。望老爷做主！"本府发放各处应捕及巡捕官，限十日内要捕凶身着。

沈昱具棺木盛了尸首，放在柳林里。一径回家，对妻说道："是我儿子，被人杀了，只不知将头何处去了。我已告过本府，本府着捕人各处捉获凶身。我且自买棺木盛了。此事如何是好？”严氏听说，大哭起来，一交跌倒。不知五脏何如，先见四肢不举。正是：

身如五鼓衔山月，气似三更油尽灯。

当时众人灌汤，救得苏醒。哭道：“我儿日常不听好人之言，今日死无葬身之地。我的少年的儿，死得好苦！谁想我老来无靠！”说了又哭，哭了又说，茶饭不吃。丈夫再三苦劝，只得勉强。

过了半月，并无消息。沈昱夫妻二人商议：“儿子平昔不依教训，致有今日祸事，吃人杀了，没捉获处，也只得没奈何，但得全尸也好。不若写个帖子，告禀四方之人，倘得见头，全了尸首，待后又作计较。”二人商议已定，连忙便写了几张帖子，满城去贴。上写：“告知四方君子：如有寻获得沈秀头者，情愿赏钱一千贯；捉得凶身者，愿赏钱二千贯。”将此情告知本府，本府亦限捕人寻获，亦出告示道：“如有人寻得沈秀头者，官给赏钱五百贯；如捉获凶身者，赏钱一千贯。”告示一出，满城哄动。不题。

且说南高峰脚下，有一个极贫老儿，姓黄，浑名叫做黄老狗。一生为人鲁拙，抬轿营生。老来双目不明，止靠两个儿子度日。大的叫做大保，小的叫做小保。父子三人，正是衣不遮身，食不充口，巴巴急急，口食不敷。一日，黄老狗叫大保、小保到来，"我听得人说，甚么财主沈秀吃人杀了，没寻头处。今出赏钱，说有人寻得头者，本家赏钱一千贯，本府又给赏五百贯。我今叫你两个，别无话说。我今左右老了，又无用处，又不看见，又没趁钱。做我着，教你两个发迹快活！你两个今夜将我的头割了，埋在西湖水边。过了数日，待没了认色，却将去本府告赏，共得一千五百贯钱，却强似今日在此受苦。此计大妙，不宜迟；倘被别人先做了，空折了性命。"只因这老狗失志，说了这几句言语；况兼两个儿子，又是愚蠢之人，不省法度的。正是：

> 口是祸之门，舌是斩身刀；

> 闭口深藏舌，安身处处牢。

当时两个出到外面商议。小保道："我爷设这一计，大妙！便是做主将元帅，也没这计策。好便好了，只是可惜没了一个爷。"大保做人又狠又呆，道："看他左右只在早晚要死，不若趁这机会杀了，去山下掘个坑埋了，又无踪迹，那里查考？这个叫做'趁汤推'，又唤做'一抹光'。天理人心，又不是我们逼他，他自叫我们如此如此。"小保道："好倒好，只除等睡熟了，方可动手。”

二人计较已定，却去东奔西走，赊得两瓶酒来。爷子三人，吃得大醉，东倒西歪。一觉直到三更，两人爬将起来，看那老子正觞觞睡着。大保去灶前摸了把厨刀，去爷的项上一勒，早把这颗头割下了。连忙将破衣包了，放在床边。便去山脚下掘个深坑，扛去埋了。也不等天明，将头去南屏山藕花居湖边浅水处埋了。

过半月入城，看了告示，先走到沈昱家报说道：“我二人昨日因捉虾鱼，在藕花居边，看见一个人头，想必是你儿子头。”沈昱见说道：“若果是，便赏你一千贯钱，一分不少。”便去安排酒饭吃了，同他两个径到南屏山藕花居湖边。浅土隐隐盖着一头，提起看时，水浸多日，澎涨了，也难辨别，想必是了。若不是时，那里又有这个人头在此？沈昱便把手帕包了，一同两个，径到府厅告说：“沈秀的头有了。”知府再三审问，二人答道：“因捉虾鱼，故此看见，并不晓别项情由。”本府准信，给赏五百贯。二个领了，便同沈昱将头到柳林里，打开棺木，将头凑在项上，依旧钉了，就同二人回家。严氏见说儿子头有了，心中欢喜，随即安排酒饭，管待二人，与了一千贯赏钱。二人收了，作别回家。便造房

屋，买农具家生。二人道："如今不要似前抬轿。我们勤力耕种，挑卖山柴，也可度日。"不在话下。正是光阴似箭，日月如梭。不觉过了数月，官府也懈了，日远日疏，俱不题了。

却说沈昱是东京机户，轮该解段匹到京。待各机户段匹完日，到府领了解批，回家分付了家中事务起身。此一去，只因沈昱看见了自家虫蚁，又屈害了一条性命。正是：

非理之财莫取，非理之事莫为；

明有刑法相系，暗有鬼神相随。

却说沈昱在路，饥餐渴饮，夜住晓行，不只一日，来到东京。把段匹一一交纳过了，取了批回，心下思量："我闻京师景致，比别处不同，何不闲看一遭？也是难逢难遇之事。"其名山胜概，庵观寺院，出名的所在，都走了一遭。偶然打从御用监禽鸟房门前经过，那沈昱心中是爱虫蚁的，意欲进去一看。因门上用了十数个钱，得放进去闲看。只听得一个画眉，十分叫得巧好，仔细看时，正是儿子不见的画眉！那画眉见了沈昱眼熟，越发叫得好听，又叫又跳，将头颠沈昱数次。沈昱见了，想起儿子，千行泪下，心中痛苦，不觉失声叫起屈来，口中只叫得："有这等事？"那掌管禽鸟的校尉喝道："这厮好不知法度！这是什么所在？如此大惊小怪起来？"沈昱痛苦难伸，越叫得响了。

那校尉恐怕连累自己，只得把沈昱拿了，送到大理寺。大理寺官便喝道："你是那里人，敢进内御用之处，大惊小怪？有何冤屈之事，好好直说，便饶你罢。"沈昱就把儿子拖画眉被杀情由，从头诉说了一遍。大理寺官听说，呆了半晌，想："这禽鸟是京民李吉进贡在此，缘何有如此一节隐情？"便差人火速捉拿李吉到官，审问道："你为何在海宁郡将他儿子谋杀了，却将他的画眉来此进贡？——明白供招，免受刑罚。"李吉道："先因往杭州买卖，行至武林门里，撞见一个箍桶的，担上挂着这个画眉。是吉因见他叫得巧，又生得好，用价一两二钱，买将回来。因他好巧，不敢自用，以此进贡上用，并不知人命情由。"勘官问道："你却赖与何人！这画眉就是实迹了，实招了罢。"李吉再三哀告道："委的是问个箍桶的老儿买的，并不知杀人情由，难以屈招。"勘官又问："你既是问老儿买的，那老儿姓甚名谁？那里人氏？供得明白，我这里行文拿来，问理得实，即便放你。"李吉道："小人是路上逢着买的，实不知姓名，那

里人氏。"勘官骂道："这便是含糊了，将此人命推与谁偿？据这画眉，便是实迹，这厮不打不招！"再三拷打，打得皮开肉绽。李吉痛苦不过，只得招做"因见画眉生得好巧，一时杀了沈秀，将头抛弃"情由。遂将李吉送下大牢监候。大理寺官具本奏上朝廷，圣旨道："李吉委的杀死沈秀，画眉见存，依律处斩。"将画眉给还沈昱，又给了批回，放还原籍，将李吉押发市曹斩首。正是：

老龟煮不烂，移祸于枯桑。

当时恰有两个同与李吉到海宁郡来做买卖的客人，蹀躞不下："有这等冤屈事！明明是买的画眉。我欲待替他申诉，争奈卖画眉的人虽认得，我亦不知其姓名，况且又在杭州。冤倒不辩得，和我连累了，如何出豁？只因一个畜生，明明屈杀了一条性命。除我们不到杭州，若到，定要与他讨个明白。"也不在话下。

却说沈昱收拾了行李，带了画眉，星夜奔回。到得家中，对妻说道："我在东京替儿讨了命了。"严氏问道："怎生得来？"沈昱把在内监见画眉一节，从头至尾，说了一遍。严氏见了画眉，大哭了一场，睹物伤情，不在话下。

次日，沈昱提了画眉，本府来销批。将前项事情，告诉了一遍。知府大喜道："有这等巧事。"正是：

劝君莫作亏心事，古往今来放过谁？

休说人命关天，岂同儿戏！知府发放道："既是凶身获着斩首，可将棺木烧化。"沈昱叫人将棺木烧了，就撒了骨殖。不在话下。

却说当时同李吉来杭州卖生药的两个客人，一姓贺，一姓朱，有些药材，径到杭州湖墅客店内歇下，将药材一一发卖讫。当为心下不平，二人径入城来，探听这个箍桶的人。寻了一日，不见消耗。二人闷闷不已，回归店中歇了。次日，又进城来，却好遇见一个箍桶的担儿。二人便叫住道："大哥，请问你，这里有一个箍桶的老儿，这般这般模样，不知他姓甚名谁，大哥你可认得么？"那人便道："客官，我这箍桶行里，止有两个老儿：一个姓李，住在石榴园巷内；一个姓张，住在西城脚下。不知那一个是？"二人谢了，径到石榴园来寻。只见李公正在那里劈篾，二人看了，却不是他。又寻他到西城脚下，二人来到门首，便问："张公在么？"张婆道："不在，出去做生活去了。"二人也不打话，一径且回。

正是未牌时分，二人走不上半里之地，远远望见一个箍桶担儿来。有分直教此人偿了沈秀的命，明白了李吉的事。正是：

恩义广施，人生何处不相逢？冤仇莫结，路逢狭处难回避。

其时，张公望南回来，二人朝北而去，却好劈面撞见。张公不认得二人，二人却认得张公，便拦住问道："阿公高姓？"张公道："小人姓张。"又问道："莫非是在西城脚下住的？"张公道："便是，问小人有何事干？"二人便道："我店中有许多生活要箍，要寻个老成的做，因此问你。你如今那里去？"张公道："回去。"三人一头走，一头说，直走到张公门首。张公道："二位请坐吃茶。"二人道："今日晚了，明日再来。"张公道："明日我不出去了，专等，专等。"

二人作别，不回店去，径投本府首告。正是本府晚堂，直入堂前跪下，把沈昱认画眉一节，李吉被杀一节，撞见张公买画眉一节，一一诉明。"小人两个不平，特与李吉讨命，望老爷细审张公，不知怎地得画眉？"府官道："沈秀的事，俱已明白了，凶身已斩了，再有何事？"二人告道："大理寺官不明，只以画眉为实；更不说来历，将李吉明白屈杀了。小人路见不平，特与李吉讨命。如不是实，怎敢告扰？望乞怜悯做主。"知府见二人告得苦切，随即差捕人连夜去捉张公。好似：

> 数只皂雕追紫燕，一群猛虎啖羊羔。

其夜，众公人奔到西城脚下，把张公剪绑了，解上府去，送大牢内监了。次日，知府升堂，公人于牢中取出张公跪下。知府道："你缘何杀了沈秀，反将李吉偿命？今日事露，天理不容！"喝令："好生打着。"直落打了三十下，打得皮开肉绽，鲜血淋漓。再三拷打，不肯招承。两个客人并两个伴当齐说："李吉便死了，我四人见在，眼见将一两二钱银子，买你的画眉，你今推却何人？你若说不是你，你便说这画眉从何来？实的虚不得，支吾有何用处？"张公犹自抵赖。知府大喝道："画眉是真赃物，这四人是真证见，若再不招，取夹棍来夹起。"张公惊慌了，只得将前项盗取画眉，勒死沈秀一节，一一供招了。知府道："那头彼时放在那里？"张公道："小人一时心慌，见侧边一株空心柳树，将头丢在中间，随提了画眉，径出武林门来。偶撞见三个客人，两个伴当，问小人买了画眉，得银一两二钱，归家用度。所供是实。"知府令张公画了供；又差人去拘沈昱，一同押着张公，到于柳林里寻头。哄动街市上之人无数，一齐都到柳林里来看寻头。只见果有一株空心柳树，众人将锯放倒，众人发一声喊，果有一个人头在内。提起看时，端然不动。沈昱见这头，定睛一看，认得是儿子的头，大哭起来，昏迷倒地，半响方醒，遂将帕子包了。押着张公，径上府去。知府道："既有了头，情真罪当。取具大枷枷了，脚镣手杻钉了，押送死囚牢里，牢固监候。"

知府又问沈昱道："当时那两个黄大保、小保，又那里得这人头来请赏？事有可疑。今沈秀头又有了，那头却是谁人的？"随即差捕人去拿黄大保兄弟二人，前来审问来历。沈昱跟同公人，径到南山黄家，捉了弟兄两个，押到府厅，当厅跪下。知府道："杀了沈秀的凶身，已自捉了；沈秀的头，见已追出。你弟兄二人谋死何人，将头请赏？一一承招，免得吃苦。"大保、小保被问，口隔心慌，答应不出。知府大怒，喝令吊起拷打半日，不肯招承。又将烧红烙铁烫他，二人熬不过死去。将水喷醒，只得口吐真情。说道："因见父亲年老，有病伶仃，一时不合将酒灌醉，割下头来，埋在西湖藕花居水边，含糊请赏。"知府道："你父亲尸骸埋在何处？"两个道："就埋在南高峰脚下。"当时押发二人到彼，掘开看时，果有没头尸骸一副，埋藏在彼。依先押二人到于府厅，回话道："南山脚下，浅土之中，果有没头尸骸一副。"知府道："有这等事！真乃逆天之事！世间有这等恶人，口不欲说，耳不欲闻，笔不欲书，就一顿打死他倒干净，此恨怎的消得？"喝令手下不要计数，先打一会，打得二人死而复醒者数次。讨两面大枷枷了，送入死囚牢里，牢固监候。沈昱并原告人，宁家听候。

随即具表申奏，将李吉屈死情由奏闻。奉圣旨："着刑部及都察院，将原问李吉大理寺官，好生勘问，随贬为庶人，发岭南安置。李吉平人屈死，情实可矜，着官给赏钱一千贯，除子孙差役。张公谋财故杀，屈害平人，依律处斩，加罪凌迟，剐割二百四十刀，分尸五段。黄大保、小保，贪财杀父，不分首从，俱各凌迟处死，剐二百四十刀，分尸五段，枭首示众。"正是：

湛湛青天不可欺，未曾举意早先知。

劝君莫作亏心事，古往今来放过谁？

一日，文书到府，差官吏、仵作人等，将三人押赴木驴上，满城号令三日，律例凌迟分尸，枭首示众。其时张婆听得老儿要剐，来到市曹上，指望见一面。谁想仵作见了行刑牌，各人动手碎剐，其实凶险！惊得婆儿魂不附体，折身便走。不想被一绊，跌得重了，伤了五脏，回家身死。正是：

积善逢善，积恶逢恶；

仔细思量，天地不错。

第二十四卷　金玉奴棒打薄情郎

枝在墙东花在西，自从落地任风吹。

枝无花时还再发，花若离枝难上枝。

这四句，乃昔人所作《弃妇词》。言妇人之随夫，如花之附于枝。枝若无花，逢春再发；花若离枝，不可复合。劝世上妇人，事夫尽道，同甘同苦，从一而终；休得慕富嫌贫，两意三心，自贻后悔。

且说汉朝一个名臣，当初未遇时节，其妻有眼不识泰山，弃之而去；到后来，悔之无及。你说那名臣何方人氏？姓甚名谁？那名臣姓朱，名买臣，表字翁子，会稽郡人氏。家贫未遇，夫妻二口，住于陋巷蓬门。每日，买臣向山中砍柴，挑至市中，卖钱度日。性好读书，手不释卷，肩上虽挑却柴担，手里兀自擒

着书本，朗诵咀嚼，且歌且行。市人听惯了，但闻读书之声，便知买臣挑柴担来了；可怜他是个儒生，都与他买。更兼买臣不争价钱，凭人估值，所以他的柴比别人容易出脱。一般也有轻薄少年及儿童之辈，见他又挑柴，又读书，三五成群，把他嘲笑戏侮，买臣全不为意。

一日，其妻出门汲水，见群儿随着买臣柴担，拍手共笑，深以为耻。买臣卖柴回来，其妻劝道："你要读书，便休卖柴；要卖柴，便休读书。许大年纪，不痴不颠，却做出恁般行径，被儿童笑话，岂不羞死！"买臣答道："我卖柴以救贫贱，读书以取富贵，各不相妨，由他笑话便了。"其妻笑道："你若取得富贵时，不去卖柴了。自古及今，那见卖柴的人做了官？却说这没把鼻的话！"买臣道："富贵贫贱，各有其时。有人算我八字，到五十岁上，必然发迹。常言海水不可斗量，你休料我。"其妻道："那算命先生，见你痴颠模样，故意耍笑你，你休听信。到五十岁时，连柴担也挑不动，饿死是有分的，还想做官？除是阎罗王殿上，少个判官，等你去做！"买臣道："姜太公八十岁，尚在渭水钓鱼。遇了周文王，以后车载之，拜为尚父。本朝公孙弘丞相，五十九岁上还在东海牧豕。整整六十岁，方才际遇今上，拜将封侯。我五十岁上发迹，比甘罗虽迟，比那两个还早，你须耐心等去。”

其妻道：“你休得攀今吊古。那钓鱼、牧豕的，胸中都有才学；你如今读这几句死书，便读到一百岁，只是这个嘴脸，有甚出息？悔气做了你老婆！你被儿童耻笑，连累我也没脸皮。你不听我言，抛却书本，我决不跟你终身。各人自去走路，休得两相担误了。”买臣道："我今年四十三岁了，再七年，便是五十。前长后短，你就等耐，也不多时。直恁薄情，舍我而去，后来须要懊悔！”其妻道："世不少甚挑柴担的汉子，懊悔甚么来？我若再守你七年，连我这骨头不知饿死于何地了。你倒放我出门，做个方便，活了我这条性命。”买臣见其妻决意要去，留他不住，叹口气道："罢，罢！只愿你嫁得丈夫，强似朱买臣的便好。”其妻道："好歹强似一分儿。”说罢，拜了两拜，欣然出门而去，头也不回。买臣感慨不已，题诗四句于壁上云：

> 嫁犬逐犬，嫁鸡逐鸡。

> 妻自弃我，我不弃妻。

买臣到五十岁时，值汉武帝下诏求贤。买臣到西京

上书，待诏公车。同邑人严助荐买臣之才。天子知买臣是会稽人，必知本土民情利弊，即拜为会稽太守，驰驿赴任。会稽长吏闻新太守将到，大发人夫，修治道路。买臣妻的后夫亦在役中，其妻蓬头跣足，随伴送饭。见太守前呼后拥而来，从旁窥之，乃故夫朱买臣也。买臣在车中，一眼瞧见，还认得是故妻，遂使人招之，载于后车。到府第中，故妻羞惭无地，叩头谢罪。买臣教请他后夫相见。不多时，后夫唤到，拜伏于地，不敢仰视。买臣大笑，对其妻道："似此人，未见得强似我朱买臣也。"其妻再三叩谢，自悔有眼无珠，愿降为婢妾，伏事终身。买臣命取水一桶，泼于阶下，向其妻说道："若泼水可复收，则汝亦可复合。念你少年结发之情，判后园隙地，与汝夫妇耕种自食。"其妻随后夫走出府第，路人都指着说道："此即新太守夫人也。"于是羞极无颜，到于后园，遂投河而死。有诗为证：

漂母尚知怜饿士，亲妻忍得弃贫儒！

早知覆水难收取，悔不当初任读书。

又有一诗，说欺贫重富，世情皆然，不止一买臣之妻也。诗曰：

尽看成败说高低，谁识蛟龙在污泥？

莫怪妇人无法眼，普天几个负羁妻？

这个故事，是妻弃夫的。如今再说一个夫弃妻的，一般是欺贫重富，背义忘恩，后来徒落得个薄幸之名，被人讲论。

话说故宋绍兴年间，临安虽然是个建都之地，富庶之乡，其中乞丐的，依然不少。那丐户中有个为头的，名曰"团头"，管着众丐。众丐叫化得东西来时，团头要收他日头钱。若是雨雪时，没处叫化，团头却熬些稀粥，养活这伙丐户。破衣破袄，也是团头照管。所以这伙丐户，小心低气，服着团头，如奴一般，不敢触犯。那团头见成收些常例钱，一般在众丐户中放债盘利。若不嫖不赌，依然做起大家事来。他靠此为生，一时也不想改业。只是一件，团头的名儿不好。随你挣得有田有地，几代发迹，终是个叫化头儿，比不得平等百姓人家。出外没人恭敬，只好闭着门，自屋里做大。虽然如此，若数着"良贱"二字，只说娼、优、隶、卒，四般为贱流，到数不着那乞丐。看来乞丐只是没钱，身上却无疤瘢。假如春秋时伍子胥逃难，也曾吹箫于吴市中乞食；唐时郑元和做歌郎，唱莲花落，后来富贵发达，一床锦被遮盖：这都是叫化中出色的。可见此辈虽然被人轻贱，到不比娼、优、隶、卒。

闲话休题。如今且说杭州城中一个团头，姓金，名老大，祖上到他，做了七代团头了。挣得个完完全全的家事，住的有好房子，种的有好田园，穿的有好衣，吃的有好食，真个廒多积粟，囊有余钱，放债使婢，虽不是顶富，也是数得着的富家了。那金老大有志气，把这团头让与族人金癞子做了，自己见成受用，不与这伙丐户歪缠。然虽如此，里中口顺，还只叫他是团头家，其名不改。金老大年五十余，丧妻无子，止存一女，名唤玉奴。那玉奴生得十分美貌，怎见得？有诗为证：

> 无瑕堪比玉，有态欲羞花。
>
> 只少宫妆扮，分明张丽华。

金老大爱此女如同珍宝，从小教他读书识字，到十五六岁时，诗赋俱通，一写一作，信手而成。更兼女工精巧，亦能调筝弄管，事事伶俐。金老大倚着女儿才貌，立心要将他嫁个士人。论来就名门旧族中，急切要这一个女子，也是少的；可恨生于团头之家，没人相求。若是平常经纪人家，没前程的，金老大又不肯扳他了。因此高低不就，把女儿直捱到一十八岁，尚未许人。

　　偶然有个邻翁来说："太平桥下有个书生，姓莫名稽，年二十岁，一表人才，读书饱学。只为父母双亡，家贫未娶。近日考中，补上太学生，情愿入赘人家。此人正与令爱相宜，何不招之为婿？"金老大道："就烦老翁作伐，何如？"邻翁领命，径到太平桥下，寻那莫秀才，对他说了："实不相瞒，祖宗曾做个团头的，如今久不做了。只贪他好个女儿，又且家道富足，秀才若不弃嫌，老汉即当玉成其事。"莫稽口虽不语，心下想道："我今衣食不周，无力婚娶，何不俯就他家，一举两得？也顾不得耻笑。"乃对邻翁说道："大伯所言虽妙，但我家贫乏聘，如何是好？"邻翁道："秀才但是允从，纸也不费一张，都在老汉身上。"邻翁回覆了金老大。择个吉日，金家到送一套新衣穿着，莫秀才过门成亲。莫稽见玉奴才貌，喜出望外，不费一钱，白白的得了个美妻；又且丰衣足食，事事称怀。就是朋友辈中，晓得莫稽贫苦，无不相谅，到也没人去笑他。

　　到了满月，金老大备下盛席，教女婿请他同学会友饮酒，荣耀自家门户。一连吃了六七日酒，何期恼了族人金癞子。那癞子也是一班正理，他道："你也是团头，我也是团头，只你多做了几代，挣得钱钞在手。论起祖宗一脉，彼此无二。侄女玉奴招婿，也该请我吃杯喜酒。如今请人做满月，开宴六七日，并无三寸长、一寸阔的请帖儿到我。你女婿做秀才，难道就做尚书、宰相？我就不是亲叔公？坐不起凳头？直恁不觑人在眼里！我且去蒿恼他一场，教他大家没趣！"叫起五六十个丐户，一齐奔到金老大家里来。但见：

> 开花帽子，打结衫儿。旧度片对着破毡条，短竹根配着缺糙碗。叫爹叫娘叫财主，门前只见喧哗；弄蛇弄狗弄猢狲，口内各呈伎俩。敲板唱杨花，恶声聒耳；打砖搽粉脸，丑态逼人。一班泼鬼聚成群，便是钟馗收不得。

金老大听得闹吵，开门看时，那金癞子领着众丐户，一拥而入，嚷做一堂。癞子径奔席上，拣好酒好食只顾吃，口里叫道："快教侄婿夫妻来拜见叔公！"唬得众秀才站脚不住，都逃席去了；连莫稽也随着众朋友躲避。金老大无可奈何，只得再三央告道："今日是我女婿请客，不干我事！改日专治一杯，与你陪话。"又将许多钱钞分赏众丐户，又抬出两瓮好酒和些活鸡、活鹅之类，教众丐户送去癞子家，当个折席。直乱到黑夜，方才散去。玉奴在房中气得两泪交流。这一夜，莫稽在朋友家借宿，次早方回。金老大见了女婿，自觉出丑，满面含羞，莫稽心中未免也有三分不乐，只是大家不说出来。正是：

哑子尝黄柏，苦味自家知。

却说金玉奴只恨自己门风不好，要挣个出头，乃劝丈夫刻苦读书。凡古今书籍，不惜价钱，买来与丈夫看；又不吝供给之费，请人会文会讲；又出资财，教丈夫结交延誉。莫稽由此才学日进，名誉日起。二十三岁发解，连科及第。这日，琼林宴罢，乌帽宫袍，马上迎归。将到丈人家里，只见街坊上一群小儿争先来看，指道："金团头家女婿做了官也。"莫稽在马上听得此言，又不好揽事，只得忍耐。见了丈人，虽然外面尽礼，却包着一肚气忿气，想道："早知有今日富贵，怕没王侯贵戚招赘成婚？却拜个团头做岳丈，可不是终身之玷！养出儿女来，还是团头的外孙，被人传作话柄。如今事已如此，妻又贤慧，不犯七出之条，不好决绝得。正是事不三思，终有后悔。"为此心中怏怏，只是不乐。玉奴几遍问而不答，正不知甚么意故。好笑那莫稽，只想着今日富贵，却忘了贫贱的时节，把老婆资助成名一段功劳，化为春水，这是他心术不端处。

不一日，莫稽谒选，得授无为军司户。丈人治酒送行，此时众丐户，料也不敢登门闹吵了。喜得临安到无为军，是一水之地。莫稽领了妻子，登舟起任。行了数日，到了采石江边，维舟北岸。其夜月明如昼，莫稽睡不能寐，穿衣而起，坐于船头玩月。四顾无人，又想起团头之事，闷闷不悦。忽然动一个恶念："除非此妇身死，另娶一人，方免得终身之耻。"心生一计，走进船舱，哄玉奴起来看月华。玉奴已睡了，莫稽再三逼他起身。玉奴难逆丈夫之意，只得披衣，走至马门口，舒头望月。被莫稽出其不意，牵出船头，推堕江中，悄悄唤起舟人，分付："快开船前去，重重有赏！不可迟慢。"舟子不知明白，慌忙撑篙荡桨，移舟十里之外。住泊停当，方才说："适间奶奶因玩月堕水，捞救不及了。"却将三两银子，赏与舟人为酒钱。舟人会意，谁敢开口？船中虽跟得有几个蠢婢子，只道主母真个堕水，悲泣了一场，丢开了手。不在话下。

有诗为证：

只为团头号不香，忍因得意弃糟糠。

天缘结发终难解，赢得人呼薄幸郎。

　　你说事有凑巧！莫稽移船去后，刚刚有个淮西转运使许德厚，也是新上任的，泊舟于采石北岸，正是莫稽先前推妻坠水处。许德厚和夫人推窗看月，开怀饮酒，尚未曾睡。忽闻岸上啼哭，乃是妇人声音，其声哀怨，好生不忍。忙呼水手打看，果然是个单身妇人，坐于江岸。便教唤上船来，审其来历。原来此妇正是无为军司户之妻金玉奴。初坠水时，魂飞魄荡，已拚着必死。忽觉水中有物，托起两足，随波而行，近于江岸。玉奴挣扎上岸，举目看时，江水茫茫，已不见了司户之船，才悟道丈夫贵而忘贱，故意欲溺死故妻，别图良配。如今虽得了性命，无处依栖，转思苦楚，以此痛哭。见许公盘问，不免从头至尾，细说一遍。说罢，哭之不已。连许公夫妇都感伤堕泪，劝道："汝休得悲啼，肯为我义女，再作道理。"玉奴拜谢。许公分付夫人取干衣替他通身换了，安排他后舱独宿。教手下男女都称他小姐，又分付舟人，不许泄漏其事。

　　不一日，到淮西上任。那无为军正是他所属地方，许公是莫司户的上司，未免随班参谒。许公见了莫司户，心中想道："可惜一表人才，干恁般薄幸之事。"约过数月，许公对僚属说道："下官有一女，颇有才貌，年已及笄，欲择一佳婿赘之。诸君意中，有其人否？”众僚属都闻得莫司户青年丧偶，齐声荐他才品非凡，堪作东床之选。许公道：“此子吾亦属意久矣，但少年登第，心高望厚，未必肯赘吾家。”众僚属道：“彼出身寒门，得公收拔，如蒹葭倚玉树，保幸如之，岂以入赘为嫌乎？”许公道：“诸君既酌量可行，可与莫司户言之。但云出自诸君之意，以探其情，莫说下官，恐有妨碍。”

众人领命，遂与莫稽说知此事，要替他做媒。莫稽正要攀高，况且联姻上司，求之不得，便欣然应道：“此事全仗玉成，当效衔结之报。”众人道：“当得，当得。”随即将言回复许公。许公道：“虽承司户不弃，但下官夫妇，钟爱此女，娇养成性，所以不舍得出嫁。只怕司户少年气概，不相饶让；或致小有嫌隙，有伤下官夫妇之心。须是预先讲过，凡事容耐些，方敢赘入。”众人领命，又到司户处传话，司户无不依允。此时司户不比做秀才时节，一般用金花彩币为纳聘之仪，选了吉期，皮松骨痒，整备做转运使的女婿。

却说许公先教夫人与玉奴说：“老相公怜你寡居，欲重赘一少年进士，你不可推阻。”玉奴答道：“奴家虽出寒门，颇知礼数。既与莫郎结发，从一而终。虽然莫郎嫌贫弃贱，忍心害理，奴家各尽其道，岂肯改嫁，以伤妇节？"言毕，泪如雨下。夫人察他志诚，乃实说道："老相公所说少年进士，就是莫郎。老相公恨其薄幸，务要你夫妻再合。只说有个亲生女儿，要招赘一婿，却教众僚属与莫郎议亲，莫郎欣然听命，只今晚入赘吾家。等他进房之时，须是如此如此，与你出这口呕气。"玉奴方才收泪，重匀粉面，再整新妆，打点结亲之事。到晚，莫司户冠带齐整，帽插金花，身披红锦，跨着雕鞍骏马，两班鼓乐前导，众僚属都来送亲。一路行来，谁不喝采！正是：

> 鼓乐喧阗白马来，风流佳婿实奇哉！
>
> 团头喜换高门眷，采石江边未足哀！

是夜，转运司铺毡结彩，大吹大擂，等候新女婿上门。莫司户到门下马，许公冠带出迎，众官僚都别去。莫司户直入私宅，新人用红帕覆首，两个养娘扶将出来。掌礼人在槛外喝礼，双双拜了天地，又拜了丈人、丈母，然后交拜。礼毕，送归洞房，做花烛筵席。莫司户此时心中，如登九霄云里，欢喜不可形容。仰着脸，昂然而入。才跨进房门，忽然两边门侧里，走出七八个老妪、丫鬟，一个个手执篱竹细棒，劈头劈脑打将下来，把纱帽都打脱了，肩背上棒如雨下，打得叫喊不迭，正没想一头处。莫司户被打，慌做一堆蹭倒，只得叫声："丈人，丈母，救命！"只听房中娇声宛转，分付道："休打杀薄情郎，且唤来相见。"众人方才住手。七八个老妪、丫鬟，扯耳朵，拽胳膊，好似六贼戏弥陀一般，脚不点地，拥到新人面前。司户口中还说道："下官何罪？"开眼看时，画烛辉煌，照见上边端端正正坐着个新人，不是别人，正是故妻金玉奴。莫稽此时魂不附体，乱嚷道："有鬼！有鬼！"众人都笑起来。

只见许公自外而入，叫道："贤婿休疑，此乃吾采石江头所认之义女，非鬼也。"莫稽心头方才住了跳，慌忙跪下，拱手道："我莫稽知罪了，望大人包容之。"许公道："此事与下官无干，只吾女没说话就罢了。"玉奴唾其面，骂道："薄幸贼！你不记宋弘有言：贫贱之交不可忘，糟糠之妻不下堂。当初你空手赘入吾门，亏得我家资财，读书延誉，以致成名，侥幸今日。奴家亦望夫荣妻贵，何期你忘恩负本，就不念结发之情，恩将仇报，将奴推堕江心。幸然天天可怜，得遇恩爹提救，收为义女。倘然葬江鱼之腹，你别娶新人，于心何忍？今日有何颜面，再与你完聚？"说罢，放声而哭，千薄幸，

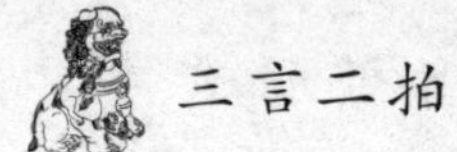

万薄幸，骂不住口。莫稽满面羞惭，闭口无言，只顾磕头求恕。

许公见骂得勾了，方才把莫稽扶起，劝玉奴道："我儿息怒。如今贤婿悔罪，料然不敢轻慢你了。你两个虽然旧日夫妻，在我家只算新婚花烛。凡事看我之面，闲言闲语，一笔都勾罢。"又对莫稽说道："贤婿，你自家不是，休怪别人。今宵只索忍耐，我教你丈母来解劝。"说罢，出房去。少刻夫人来到，又调停了许多说话，两个方才和睦。

次日，许公设宴，管待新女婿，将前日所下金花彩币，依旧送还，道："一女不受二聘。贤婿前番在金家已费过了，今番下官不敢重叠收受。"莫稽低头无语。许公又道："贤婿常恨令岳翁卑贱，以致夫妇失爱，几乎不终。今下官备员如何？只怕爵位不高，尚未满贤婿之意。"莫稽涨得面皮红紫，只是离席谢罪。有诗为证：

痴心指望缔高姻，谁料新人是旧人。

打骂一场羞满面，问他何取岳翁新？

自此莫稽与玉奴夫妇和好，比前加倍。许公共夫人待玉奴如真女，待莫稽如真婿；玉奴待许公夫妇，亦与真爹娘无异。连莫稽都感动了，迎接团头金老大在任所，奉养送终。后来许公夫妇之死，金玉奴皆制重服，以报其恩。莫氏与许氏，世世为通家兄弟，往来不绝。诗云：

> 宋弘守义称高节，黄允休妻骂薄情。
>
> 试看莫生婚再合，姻缘前定枉劳争。

第二十五卷　李秀卿义结黄贞女

暇日攀今吊古，从来几个男儿，履危临难有神机，不被他人算计？

男子尽多慌错，妇人反有权奇。若还智量胜蛾眉，便带头巾何愧？

常言有智妇人，赛过男子。古来妇人赛男子的，也尽多。除着吕太后、武则天，这一班大手段的歹人不论；再除却卫庄姜、曹令女，这一班大贤德、大贞烈的好人也不论；再除却曹大家、班婕妤、苏若兰、沈满愿、李易安、朱淑真，这一班大学问、大才华的文人也不论；再除却锦车夫人冯氏、浣花夫人任氏、锦伞夫人洗氏和那军中娘子、绣旗女将，这一班大智谋、大勇略的奇人也不论。如今单说那一种奇奇怪怪、蹊蹊跷跷，没阳道的假男子，带头巾的真女人，可钦可爱，可笑可歌。正是：

> 说处裙钗添喜色，话时男子减精神。

据唐人小说，有个木兰女子，是河南睢阳人氏。因父亲被有司点做边庭戍卒，木兰可怜父亲多病，扮女为男，代替其役。头顶兜鍪，身披铁铠，手执戈矛，腰悬弓矢，击柝提铃，餐风宿草，受了百般辛苦。如此十年，役满而归，依旧是个童身。边庭上万千军士，没一人看得出她是女子。后人有诗赞云：

> 缇萦救父古今稀，代父从戎事更奇。
>
> 全孝全忠又全节，男儿几个不亏移？

又有个女子，叫做祝英台，常州义兴人氏，自小通书好学。闻余杭文风最盛，欲往游学。其哥嫂止之曰："古者男女七岁不同席，不共食。你今一十六岁，却出外游学，男女不分，岂不笑话！"英台道："奴家自有良策。"乃裹巾束带，扮作男子模样，走到哥嫂面前，哥嫂亦不能辨认。英台临行时，正是夏初天气，榴花盛开，乃手摘一枝，插于花台之上，对天祷告道："奴家祝英台出外游学，若完名全节，此枝生根长叶，年年花发；若有不肖之事，玷辱门风，此枝枯萎。"祷毕出门，自称祝九舍人。遇个朋友，是个苏州人氏，叫做梁山伯，与他同馆读书，甚相爱重，结为兄弟。日则同食，夜则同卧，如此三年。英台衣不解带，山伯屡次疑惑盘问，都被英台将言语支吾过了。读了三年书，学问成就，相别回家，约梁山伯："二个月内，可来见访。"英台归时，仍是初夏，那花台上所插榴枝，花叶并茂，哥嫂方信了。同乡三十里外，有个安乐村，那村中有个马氏，大富之家，闻得祝娘贤慧，寻媒与他哥哥议亲。哥哥一口许下，纳彩问名都过了，约定来年二月娶亲。原来英台有心于山伯，要等他来访时，露其机括。谁知山伯有事，稽迟在家。英台只恐哥嫂疑心，不敢推阻。山伯直到十月，方才动身，过了六个月了。到得祝家庄，问祝九舍人时，庄客说道："本庄只有祝九娘，并没有祝九舍人。"山伯心疑，传了名刺进去。只见丫鬟出来，"请梁兄到中堂相见。"山伯走进中堂，那祝英台红妆翠袖，别是一般妆束了。山伯大惊！方知假扮男子，自愧愚鲁，不能辨识。寒温已罢，便谈及婚姻之事。英台将哥嫂做主，已许马氏为辞。山伯自恨来迟，懊悔不迭。分别回去，遂成相思之病。奄奄不起，至岁底身亡。嘱付父母："可葬我于安乐村路口。"父母依言葬之。明年，英台出嫁马家，行至安乐村路口，忽然狂风四起，天昏地暗，舆人都不能行。英台举眼观看，但见梁山伯飘然而来，说道："吾为思贤妹，一病而亡，今葬于此地。贤妹不忘旧谊，可出轿一顾。"英台果然走出轿来。忽然一声响亮，地下裂开丈余，英台从裂中跳下。众人扯其衣服，如蝉脱一般，其衣片片而飞。顷刻天清地明，那地裂处，只如一线之细。歇轿处，正是梁山伯坟墓。乃知生为兄弟，死作夫妻。再看那飞的衣服碎片，变成两般花蝴蝶。传说是二人精灵所化，红者为梁山伯，黑者为祝英台。其种到处有之，至今犹呼其名为梁山伯、祝英台也。后人有诗赞云：

三载书帏共起眠，活姻缘作死姻缘。

非关山伯无分晓，还是英台志节坚。

又有一个女子，姓黄，名崇嘏，是西蜀临邛人氏，生成聪明俊雅，诗赋俱通。父母双亡，亦无亲族。时宰相周庠镇蜀，崇嘏假扮做秀才，将平日所作诗卷呈上。周庠一见，篇篇道好，字字称奇，乃荐为郡掾。吏事精敏，地方凡有疑狱，累年不决者，一经崇嘏剖断，无不洞然。屡摄府县之事，到处便有声名，胥徒畏服，士民感仰。周庠首荐于朝，言其才可大用。欲妻之以女，央太守作媒，崇嘏只微笑不答。周庠乘他进见，自述其意。崇嘏索纸笔，作诗一首献上。诗曰：

> 一辞拾翠碧江湄，贫守蓬茅但赋诗。
>
> 自服蓝袍居郡掾，永抛鸾镜画蛾眉。
>
> 立身桌尔青松操，挺志坚然白璧姿。
>
> 幕府若教为坦腹，愿天速变作男儿。

庠见诗大惊。叩其本末，方知果然是女子。因将女作男，事关风化，不好声张其事，教他辞去郡掾，隐于郭外。乃于郡中择士人嫁之。后来士人亦举进士及第，位致通显，崇嘏累封夫人。据如今搬演《春桃记》传奇，说黄崇嘏中过女状元，此是增藻之词。后人亦有诗赞云：

> 珠玑满腹彩生毫，更服烹鲜手段高。
>
> 若使生时逢武后，君臣一对女中豪。

那几个女子，都是前朝人。如今再说个近代的，是大明朝弘治年间的故事。南京应天府上元县有个黄公，以贩线香为业，兼带卖些杂货，惯走江北一带地方。江北人见他买卖公道，都唤他做"黄老实"。家中止一妻二女，长女名道聪，幼女名善聪。道聪年长，嫁与本京青溪桥张二哥为妻去了；止有幼女善聪在家，方年一十二岁。母亲一病而亡。殡葬已毕，黄老实又要往江北卖香生理。思想女儿在家，孤身无伴；况且年幼，未曾许人，怎生放心得下？待寄在姐夫家，又不是个道理。若不做买卖，撇了这走熟的道路，又那里寻几贯钱钞养家度日？左思右想，去住两难。香货俱已定下，只有这女儿没安顿处。一连想了数日，忽然想着道："有计了！我在客边没人作伴，何不将女假充男子，带将出去？且待年长，再作区处。只有一件，江北主顾人家，都晓得我没儿，今番带着孩子去，倘然被他盘问，露出破绽，却不是个笑话？我如今只说是张家外甥，带出来学做生理，使人不疑。"计较已定，与女儿说通了，制副道袍净袜，教女儿穿着；头上裹个包巾，妆扮起来，好一个清秀孩子！正是：

眉目生成清气，资性那更伶俐。

若还伯道相逢，十个九个过继。

黄老实爹女两人，贩着香货，趁船来到江北庐州府，下了主人家。主人家见善聪生得清秀，无不夸奖，问黄老实道："这个孩子，是你什么人？"黄老实答道："是我家外甥，叫做张胜。老汉没有儿子，带他出来走走，认了这起主顾人家，后来好接管老汉的生意。"众人听说，并不疑惑。黄老实下个单身客房，每日出去发货，讨帐，留下善聪看房。善聪目不妄视，足不乱移。众人都道，这张小官比外公愈加老实，个个欢喜。

自古道：天有不测风云，人有旦夕祸福。黄老实在庐州，不上两年，害个病症，医药不痊，呜呼哀哉。善聪哭了一场，买棺盛殓，权寄于城外古寺之中。思想年幼孤女，往来江湖不便。间壁客房中下着的，也是个贩香客人，又同是应天府人氏。平昔间看他少年诚实，问其姓名来历。那客人答道："小生姓李，名英，字秀卿，从幼跟随父亲出外经纪。今父亲年老，受不得风霜辛苦，因此把本钱与小生，在此行贩。"善聪道："我张胜跟随外祖在此，不幸外祖身故，孤寡无依。足下若不弃，愿结为异姓兄弟，合伙生理，彼此有靠。"李英道："如此最好。"李英年十八岁，长张胜四年，张胜因拜李英为兄，甚相友爱。

过了几日，弟兄两个商议：轮流一人往南京贩货，一人住在庐州发货、讨帐。一来一去，不致担误了生理，甚为两便。善聪道："兄弟年幼，况外祖灵柩无力奔回，何颜归于故乡？让哥哥去贩货罢。"于是收拾资本，都交付与李英；李英剩下的货物，和那帐目，也交付与张胜。但是两边买卖，毫厘不欺。从此李英、张胜两家行李，并在一房。李英到庐州时，只在张胜房住，日则同食，夜则同眠。但每夜张胜只是和衣而睡，不脱衫裤，亦不去鞋袜，李英甚以为怪。张胜答道："兄弟自幼得了个寒疾，才解动里衣，这病就发作，所以如此睡惯了。"李英又问道："你耳朵子上，怎的有个环眼？"张胜道："幼年间爹娘与我算命，说有关煞难养，为此穿破两耳。"李英是个诚实君子，这句话，便被他瞒过，更不疑惑。张胜也十分小心在意，虽溲溺亦必等到黑晚，私自去方便，不令人瞧见。以此客居虽久，并不露一些些马脚。有诗为证：

女相男形虽不同，全凭心细谨包笼。

只憎一件难遮掩，行步跷蹊三寸弓。

黄善聪假称张胜，在庐州府做生理，初到时止十二岁。光阴似箭，不觉一住九年，如今二十岁了。这几年勤苦营运，手中颇颇活动，比前不同。思想父亲灵柩暴露他乡，亲姐姐数年不会，况且自己终身，也不是个了当。乃与李英哥哥商议，只说要搬外公灵柩，回家安葬。李英道："此乃孝顺之事。只灵柩不比他件，你一人如何担带？做哥的相帮你同走，心中也放得下。等你安葬事毕，再同来就是。”张胜道：“多谢哥哥厚意。”当晚定议，择个吉日，雇下般只，唤几个僧人，做个起灵功德，抬了黄老实的灵枢下船。一路上，风顺则行，风逆则止，不一日，到了南京。在朝阳门外觅个空闲房子，将枢寄顿，俟吉下葬。

闲话休叙。再说李英同张胜进了城门，东西分路。李英问道：“兄弟高居何处？做哥的好来拜望。”张胜道：“家下傍着秦淮河清溪桥居住，来日专候哥哥降临茶话。”两下分别。

张胜本是黄家女子，那认得途径？喜得秦淮河是个有名的所在，不是个僻地，还好寻问。张胜行至清溪桥下，问着了张家，敲门而入。其日，姐夫不在家，望着内里便走。姐姐道聪骂将起来，道：“是人家各有内外，甚么花子，一些体面不存，直入内室，是何道理？男子汉在家时，瞧见了，好歹一百孤拐奉承你。还不快走！”张胜不慌不忙，笑嘻嘻的作一个揖下去，口中叫道：“姐姐，你自家嫡亲兄弟，如何不认得了。”姐姐骂道：“油嘴光棍！我从来那有兄弟？”张胜道：“姐姐，九年前之事，你可思量得出？”姐姐道：“思量什么？前九年我还记得。我爹爹并没儿子，止生下我姊妹二个。我妹子小名善聪，九年前爹爹带往江北贩香，一去不回，至今音问不通，未审死活存亡。你是何处光棍，却来冒认别人做姐姐！"张胜道："你要问善聪妹子，我即是也。"说罢放声大哭。姐姐还不信是真，问道："你既是善聪妹子，缘何如此妆扮？"张胜道："父亲临行时，将我改扮为男，只说是外甥张胜，带出来学做生理。不期两年上父亲一病而亡，你妹子虽然殡殓，却恨孤贫，不能扶柩而归。有个同乡人李秀卿，志诚君子，你妹子万不得已，只得与他八拜为交，合伙营生。淹留江北，不觉又六七年，今岁始办归计。适才到此，便来拜见姐姐，别无他故。"

姐姐道："原来如此。你同个男子合伙营生，男女相处许多年，一定配为夫妇了。自古明人不做暗事，何不带顶髻儿？还好看相。恁般乔打扮回来，不雌不雄，好不羞耻人！"张胜道："不欺姐姐，奴家至今还是童身，岂敢行苟且之事，玷辱门风。"道聪不信，引入密室验之。你说怎么验法？用细细干灰铺放余桶之内，却教女子解了下衣，坐于桶上。用绵纸条栖入鼻中，要他打喷嚏。若是破身的，上气泄，下气亦泄，干灰必然吹动；若是童身，其灰如旧。朝廷选妃都用此法。道聪生长京师，岂有不知？当时试那妹子，果是未破的童身。
于是姊妹两人，抱头而哭。道聪慌忙开箱，取出自家裙
袄，安排妹子香汤沐浴，教他更换衣服。妹子道："不欺
姐姐，我自从出去，未曾解衣露体；今日见了姐姐，方
才放心耳。"那一晚，张二哥回家，老婆打发在外厢安
歇。姊妹两人，同被而卧，各诉衷肠，整整的叙了一夜
说话，眼也不曾合缝。

次日起身，黄善聪梳妆打扮起来，别自一个模样，
与姐夫、姐姐重新叙礼。道聪在丈夫面前，夸奖妹子贞
节，连李秀卿也称赞了几句："若不是个真诚君子，怎与
他相处得许多时？"话犹未绝，只听得门外咳嗽一声，
问道："里面有人么？"黄善聪认得是李秀卿声音，对
姐姐说："教姐夫出去迎他，我今番不好相见了。"道聪
道："你既与他结义过来，又且是个好人，就相见，也不
妨。"善聪颠倒怕羞起来，不肯出去。道聪只得先教丈
夫出去迎接，看他口气，觉也不觉。张二哥连忙趋出，
见了李秀卿，叙礼已毕，分宾而坐。秀卿开言道："小生
是李英，特到此访张胜兄弟，不知阁下是他何人？"张
二哥笑道："是在下至亲。只怕他今日不肯与足下相会，
枉劳尊驾。"李秀卿道："说那里话！我与他是异姓骨肉，

最相爱契，约定我今日到此。特特而来，那有不会之理？”张二哥道：“其中有个缘故，容从容奉告。”秀卿性急，连连的催促，迟一刻，只待发作出来了。慌得张二哥便往内跑，教老婆苦劝姨姐，与李秀卿相见。善聪只是不肯出房。他夫妻两口躲过一边，倒教人将李秀卿请进内宅。秀卿一见了黄善聪，看不仔细，倒退下七八步。善聪叫道：“哥哥，不须疑虑，请来叙话。”秀卿听得声音，方才晓得就是张胜，重走上前作揖道：“兄弟，如何恁般打扮？”善聪道：“一言难尽。请哥哥坐了，容妹子从容告诉。”两人对坐了，善聪将十二岁随父出门始末根由，细细述了一遍。又道：“一向承哥哥带挈提携，感谢不尽。但在先有兄弟之好，今后有男女之嫌，相见只此一次，不复能再聚矣。”

秀卿听说，呆了半晌。自思：“五六年和他同行同卧，竟不晓得他是女子，好生懵懂！”便道：“妹子，听我一言。我与你相契许久，你知我知，往事不必说了。如今你既青年无主，我亦壮而未娶，何不推八拜之情，合二姓之好？百年谐老，永远团圆，岂不美哉！”善聪羞得满面通红，便起身道：“妾以兄长高义，今日不避形迹，厚颜请见。兄乃言及于乱，非妾所以等兄之意也。”

说罢，一头走进去，一头说道："兄宜速出，勿得停滞，以招物议。"

秀卿被发作一场，好生没趣。回到家中，如痴如醉，颠倒割舍不下起来，乃央媒妪去张家求亲说合。张二哥夫妇，到也欣然。无奈善聪立意不肯，道："嫌疑之际，不可不谨。今日若与配合，无私有私，把七年贞节，一旦付之东流，岂不惹人嘲笑？"媒妪与姐姐两口交劝，只是不允。那边李秀卿，执意定要娶善聪为妻，每日缠着媒妪，要他奔走传话。三回五转，徒惹得善聪焦燥，并不见松了半分口气。似恁般说，难道这头亲事，就不成了？且看下回分解。正是：

七年兄弟意殷勤，今日重逢局面新。

欲表从前清白操，故甘薄幸拒姻亲。

天下只有三般口嘴，极是利害：秀才口，骂遍四方；和尚口，吃遍四方；媒婆口，传遍四方。且说媒婆口，怎地传遍四方？那做媒的有几句口号：

东家走，西家走，两脚奔波气常吼；牵三带四有商量，走进人家不怕狗。前街某，后家某，家家户户皆朋友，相逢先把笑颜开，惯报新闻不待叩。

说也有，话也有，指长话短舒开手；一家有事百家知，何曾留下隔宿口？要骗茶，要吃酒，脸皮三寸三分厚；若还羡他说作高，拌干涎沫七八斗。

那黄善聪女扮男妆，千古奇事；又且怎地贞节，世世罕有。这些媒妪，走一遍，说一遍，一传十，十传百，霎时间，满京城通知道了。人人夸美，个个称奇。虽缙绅之中，谈及此事，都道："难得，难得！"

有守备太监李公，不信其事，差人缉访，果然不谬。乃唤李秀卿来盘问，一一符合。因问秀卿："天下美妇人尽多，何必黄家之女？"秀卿道："七年契爱，意不能舍，除却此女，皆非所愿。"李公意甚悯之，乃藏秀卿于衙门中。次日，唤前媒妪来，分付道："闻知黄家女贞节可敬，我有个侄儿，欲求他为妇，汝去说合，成则有赏。"那时守备太监，正有权势，谁敢不依？媒妪回覆："亲事已谐了。"李公自出己财，替秀卿行聘；又赁下一所空房，密地先送秀卿住下。李公亲身到彼，主张花烛，笙箫鼓乐，取那黄善聪进门成亲。交拜之后，夫妻相见，一场好笑！善聪明知落了李公圈套，事到其间，推阻不得。李公就认秀卿为侄，大出资财，替善聪备办妆奁。又对合城官府说了，五府、六部及府尹、县官，各有所助。一来看李公面上，二来都道是一桩奇

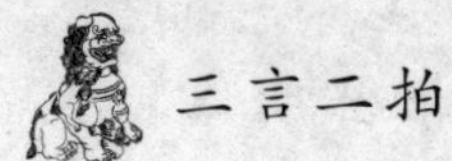

事，人人要玉成其美。秀卿自此遂为京城中富室，夫妻相爱，连育二子，后来读书显达。有好事者，将此事编成唱本说唱，其名曰《贩香记》，有诗为证，诗曰：

> 七载男妆不露针，归来独守岁寒心。
>
> 编成小说垂闺训，一洗桑间濮上音。

又有一首诗，单道太监李公的好处，诗曰：

> 节操恩情两得全，宦官谁似李公贤？
>
> 虽然没有风流分，种得来生一段缘。

第二十六卷　月明和尚度柳翠

万里新坟尽少年，修行莫待鬓毛斑。

前程黑暗路头险，十二时中自著研。

这四句诗，单道著禅和子打坐参禅，得成正果，非同容易。有多少先作后修、先修后作的和尚。自家今日说这南渡宋高宗皇帝在位，绍兴年间，有个官人，姓柳，双名宣教，祖贯温州府永嘉县崇阳镇人氏。年方二十五岁，胸藏千古史，腹蕴五车书。自幼父母双亡，蚤年孤苦，宗族又无所依，只身笃学，赘于高判使家。后一举及第，御笔授得宁海军临安府府尹。恭人高氏，年方二十岁，生得聪明智慧，容貌端严，新赘柳府尹在家。未及一年，欲去上任。遂带一仆，名赛儿，一日辞别了丈人、丈母，前往临安府上任。

　　饥餐渴饮，夜住晓行，不则一日，已到临安府接官亭。蚤有所属官吏师生，粮里耆老，住持僧道，行首人等，弓兵逮卒，轿马人夫，俱在彼处，迎接入城。到府中，搬移行李什物，安顿已完。这柳府尹出厅到任，厅下一应人等，参拜已毕。柳府尹遂将参见人员花名手本，逐一点过不缺，止有城南水月寺竹林峰住持玉通禅师，乃四川人氏，点不到。府尹大怒道："此秃无礼！"遂问五山十刹禅师："何故此僧不来参接？拿来问罪！"当有各寺住持禀复相公："此僧乃古佛出世，在竹峰修行已五十二年，不曾出来。每遇迎送，自有徒弟。望相公方便。"柳府尹虽依僧言不拿，心中不忿。各人自散。

　　当日府堂公宴。承应歌妓，年方二八，花容娇媚，唱韵悠扬。府尹听罢，大喜。问妓者何名，答言："贱人姓吴，小字红莲，专一在上厅祇应。"当日酒筵将散，柳府尹唤吴红莲，低声分付："你明日用心去水月寺内，哄那玉通和尚云雨之事。如了事，就将所用之物，前来照证，我这里重赏，判你从良；如不了事，定当记罪。"红莲答言："领相公钧旨。"出府一路自思，如何是好？眉头一蹙，计上心来。回家将柳府尹之事，一一说与娘知，娘儿两个商议一夜。

　　至次日午时，天阴无雨，正是十二月冬尽天气。吴红莲一身重孝，手提羹饭，出清波门。走了数里，将及近寺，已是申牌时分，风雨大作。吴红莲到水月寺山门下，倚门而立。进寺，又无人出，直等到天晚。只见个老道人出来关山门，红莲向前道个万福。那老道人回礼道："天色晚了，娘子请回，我要关山门。"红莲双眼泪下，拜那老道人："望公公可怜，妾在城住，夫死百日，家中无人，自将羹饭祭奠。哭了一回，不觉天晚雨下，关了城门，回家不得，只得投宿寺中。望公公慈悲，告知长老，容妾寺中过夜，明蚤入城，免虎伤命。"言罢，两泪交流，拜倒于山门地下，不肯走起。那老道人乃言："娘子请起，我与你裁处。"红莲见他如此说，便立起来。那老道人关了山门，领著红莲到僧房侧首一间小屋，乃是老道人卧房，教红莲坐在房内。那老道人连忙走去长老禅房里法座下，禀复长老道："山门下有个年少妇人，一身重孝，说道丈夫死了，今日到坟上做羹饭。风雨大作，关了城门，进城不得。要在寺中权歇，明蚤入城。特来禀知长老。"长老见说，乃言："此是方便之事。天色已晚，你可教他在你房中过夜，明日五更打发他去。"道人领了言语，来说与红莲知道。红莲又拜：

“谢公公救命之恩，生死不忘大德。”言罢，坐在老道人房中板凳上。那老道人自去收拾关门闭户已了，来房中土榻上和衣而睡。这老道人日间辛苦，一觉便睡着。

原来水月寺在桑菜园里，四边又无人家。寺里有两个小和尚，都去化缘。因此寺中冷静，无人走动。这红莲听得更鼓已是二更，心中想道：“如何事了？”心乱如麻。遂乃轻移莲步，走至长老房边。那间禅房关着门，一派是大槅窗子，房中挂著一碗琉璃灯，明明亮亮。长老在禅椅之上打坐，也看见红莲在门外。红莲看着长老，遂乃低声叫道：“长老慈悲为念，救度妾身则个。”长老道：“你可去道人房中权宿，来早入城，不可在此搅扰我禅房。快去，快去！”红莲在窗外深深拜了十数拜道：“长老，慈悲为本，方便为门。妾身衣服单薄，夜寒难熬，望长老开门，借与一两件衣服，遮盖身体。救得性命，自当拜谢。”道罢，哽哽咽咽哭将起来。这长老是个慈悲善人，心中思忖道：“倘若寒禁，身死在我禅房门首，不当稳便。自古道，救人一命，胜造七级浮屠。”从禅床上走下来，开了槅子门，放红莲进去。长老取一领破旧禅衣把与他，自己依旧禅床上坐了。红莲走到禅床边深深拜了十数拜，哭哭啼啼道：“肚疼死也。”这长老并不采他，自己瞑目而坐。怎当红莲哽咽悲哀，将身靠在长老身边，哀声叫疼叫痛，就睡倒在长老身上，或坐在身边，或立起，叫唤不止。

约莫也是三更，长老忍口不住，乃问红莲曰："小娘子，你如何只顾哭泣？那里疼痛？"红莲告长老道："妾丈夫在日，有此肚疼之病，我夫脱衣将妾搂于怀内，将热肚皮贴着妾冷肚皮，便不疼了。不想今夜疼起来，又值寒冷，妾死必矣。怎地得长老肯救妾命，将热肚皮贴在妾身上，便得痊可。若救得妾命，实乃再生之恩。"长老见他苦告不过，只得解开衲衣，抱那红莲在怀内。这红莲赚得长老肯时，便慌忙解了自己的衣服，赤了下截身体，倒在怀内道："望长老一发去了小衣，将热肚皮贴一贴，救妾性命。"长老初时不肯，次后三回五次，被红莲用尖尖玉手，解了裙裤，一把撮那长老玉茎在手捻动，弄得硬了，将自己阴户相辏。此时不由长老禅心不动。这长老看了红莲如花似玉的身体，春心荡漾起来，两个就在禅床上两相欢洽。正是：

岂顾如来教法，难遵佛祖遗言。一个色眼横斜，气喘声嘶，好似莺穿柳影；一个淫心荡漾，言娇语涩，浑如蝶戏花阴。和尚枕边，诉云情雨意；红莲枕上，说海誓山盟。玉通房内，番为快活道场；水月寺中，变作极乐世界。

长老搂着红莲问道："娘子高姓何名？那里居住？因何到此？"红莲曰："不敢隐讳。妾乃上厅行首，姓吴，小字红莲，在于城中南新桥居住。"长老此时被魔障缠害，心欢意喜，分付道："此事只可你知我知，不可泄于外人。"少刻，云收雨散。被红莲将口扯下白布衫袖一只，抹了长老精污，收入袖中，这长老困倦不知。长老虽然如此，心中疑惑，乃问红莲曰："姐姐此来，必有缘故，你可实说。"再三逼迫，要问明白。红莲被长老催逼不过，只得实说："临安府新任柳府尹，怪长老不出寺迎接，心中大恼，因此使妾来与长老成其云雨之事。"长老听罢大惊，悔之不及，道："我的魔障到了。吾被你赚骗，使我破了色戒，堕于地狱。"此时东方已白，长老教道人开了寺门。红莲别了长老，急急出寺回去了。

却说这玉通禅师教老道人烧汤："我要洗浴。"老道人自去厨下烧汤。长老磨墨捻笔，便写下八句《辞世颂》，曰：

自入禅门无挂碍，五十二年心自在。

只因一点念头差，犯了如来淫色戒。

你使红莲破我戒，我欠红莲一宿债。

我身德行被你亏，你家门风还我坏。

写毕折了，放在香炉足下压著。道人将汤入房中，伏侍长老洗浴罢，换了一身新禅衣，叫老道人分付道："临安府柳府尹差人来请我时，你可将香炉下简帖把与来人，教他回覆，不可有误。"道罢，老道人自去殿上烧香扫地，不知玉通禅师已在禅椅上圆寂了。

话分两头。却说红莲回到家中，吃了早饭，换了色衣，将着布衫袖，径来临安府见柳府尹。府尹正坐厅，见了红莲，连忙退入书院中，唤红莲至面前问："和尚事了得否？"红莲将夜来事，备细说了一遍，袖中取出衫袖，递与看了。柳府尹大喜！教人去堂中取小小墨漆盒儿一个，将白布衫袖子放在盒内，上面用封皮封了。捻起笔来，写一简子，乃诗四句。其诗云：

水月禅师号玉通，多时不下竹林峰。

可怜数点菩提水，倾入红莲两瓣中。

写罢，封了简子。柳府尹赏红莲钱五百贯，免他一年官唱。红莲拜谢，将了钱自回去了。不在话下。

却说承局赍着小盒儿并简子，来到水月寺中，只见老道人在殿上烧香。承局问："长老在何处？"老道人遂领了承局，径到禅房中时，只见长老已在禅椅上圆寂去了。老道人言："长老曾分付道：'若柳相公差人来请我，将香炉下简子去回复。'"承局大惊道："真是古佛，预先已知此事。"当下承局将了回简并小盒儿，再回府堂，呈上回简并原简，说长老圆寂一事。柳宣教打开回简一看，乃是八句《辞世颂》。看罢，吃了一惊道："此和尚乃真僧也，是我坏了他德行。"懊悔不及。差人去叫匠人合一个龛子，将玉通和尚盛了，教南山净慈寺长老法空禅师与玉通和尚下火。

却说法空径到柳府尹厅上，取覆相公，要问备细。柳府尹将红莲事情说了一遍。法空禅师道："可惜，可惜！此僧差了念头，堕落恶道矣。此事相公坏了他德行。贫僧去与他下火，指点教他归于正道，不堕畜生之中。"言罢，别了府尹，径到水月寺，分付抬龛子出寺后空地。法空长老手捻火把，打个圆相，口中道：

自到川中数十年，曾在毗卢顶上眠。

欲透赵州关捩子，好姻缘做恶姻缘。

桃红柳绿还依旧，石边流水冷湲湲。

今朝指引菩提路，再休错意念红莲。

恭惟圆寂玉通大和尚之觉灵曰：惟灵五十年来

古拙，心中皎如明月，有时照耀当空，大地乾坤清白。可惜法名玉通，今朝作事不通；不去灵山参佛祖，却向红莲贪淫欲。本是色即是空，谁想空即是色！无福向狮子光中，享天上之逍遥；有分去驹儿隙内，受人间之劳碌。虽然路径不迷，争奈去之太速。大众莫要笑他，山僧指引不俗。咦！

　　一点灵光透碧霄，兰堂画阁添澡浴。

法空长老道罢，掷下火把，焚龛将尽。当日，看的人不知其数，只见火焰之中，一道金光冲天而去了。法空长老与他拾骨入塔，各自散去。

却说柳宣教夫人高氏，于当夜得一梦，梦见一个和尚，面如满月，身材肥壮，走入卧房。夫人吃了一惊，一身香汗惊醒。自此，不觉身怀六甲。光阴似箭，看看十月满足，夫人临盆分娩，生下一个女儿。当时侍妾报与柳宣教："且喜夫人生得一个小姐。"三朝满月，取名唤做翠翠。百日周岁，做了多少筵席！正是：

　　窗外日光弹指过，席前花影座间移。

这柳翠翠长成八岁，柳宣教官满将及，收拾还乡。端的是：

　　世间好物不坚牢，彩云易散琉璃脆。

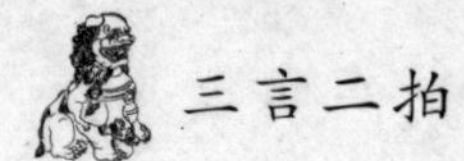

　　柳宣教感天行时疫，病无旬日而故。这柳府尹做官，清如水，明似镜，不贪贿赂，囊箧淡薄。夫人具棺木盛贮，挂孝看经，将灵柩寄在柳州寺内。夫人与仆赛儿并女翠翠欲回温州去，路途遥远，又无亲族投奔；身边些小钱财，难供路费。乃于在城白马庙前，赁一间房屋，三口儿搬来住下。又无生理，一住八年，囊箧消疏，那仆人逃走。这柳翠翠长成，年纪一十六岁，生得十分容貌。这柳妈妈家中娘儿两个，日不料生，口食不敷，乃央间壁王妈妈，问人借钱。借得羊坝头杨孔目课钱，借了三千贯钱。过了半年，债主索取要紧，这柳妈妈被讨不过，出于无奈，只得央王妈妈做媒，情愿把女儿与杨孔目为妾，言过我要他养老。不数日，杨孔目入赘在柳妈妈家，说："我养你母子二人，丰衣足食，做个外宅。"

　　不觉过了两月，这杨孔目因早晚不便，又两边家火。忽一日回家，与妻商议，欲搬回家。其妻之父，告女婿停妻娶妾，临安府差人捉柳妈妈并女儿一干人到官，要追原聘财礼。柳妈妈诉说贫乏无措，因此将柳翠翠官卖。却说有个工部邹主事，闻知柳翠翠丰姿貌美，聪明秀丽，去问本府讨了。另买一间房子，在抱剑营街，搬那柳妈妈并女儿去住下，养做外宅。又讨个奶子并小厮，伏事走动。这柳翠翠改名柳翠。

原来南渡时，临安府最盛。只这通和坊这条街，金波桥下，有座花月楼；又东去为熙春楼、南瓦子；又南去为抱剑营、漆器墙、沙皮巷、融和坊；其西为太平坊、巾子巷、狮子巷，这几个去处都是瓦子。这柳翠是玉通和尚转世，天生聪明，识字知书，诗词歌赋，无所不通；女工针指，无有不会。这邹主事十日半月，来得一遭。千不合，万不合，住在抱剑营，是个行首窟里。这柳翠每日清闲自在，学不出好样儿。见邻妓家有孤老来住，他心中欢喜，也去门首卖俏，引惹子弟们来观看。眉来眼去，渐渐来家宿歇。柳妈妈说他不下，只得随女儿做了行首。多有豪门子弟爱慕他，饮酒作乐，殆无虚日。邹主事看见这般行径，好不雅相，索性与他个决绝，再不往来。这边柳翠落得无管束，公然大做起来。只因柳宣教不行阴骘，折了女儿，此乃一报还一报，天理昭然。后人观此，不可不戒，有诗为证，诗曰：

用巧计时伤巧计，爱便宜处落便宜。

莫道自身侥幸免，子孙必定受人欺。

　　后来直使得一尊古佛，来度柳翠，归依正道，返本还原，成佛作祖。你道这尊古佛是谁？正是月明和尚。他从小出家，真个是五戒具足，一尘不染，在皋亭山显孝寺住持。当先与玉通禅师，俱是法门契友。闻知玉通圆寂之事，呵呵大笑道："阿婆立脚跟不牢，不免又去做媳妇也。"后来闻柳翠在抱剑营，色艺擅名，心知是玉通禅师转世，意甚怜之。一日，净慈寺法空长老到显孝寺来看月明和尚，坐谈之次，月明和尚谓法空曰："老通堕落风尘已久，恐积渐沉迷，遂失本性。可以相机度他出世，不可迟矣。"

　　原来柳翠虽堕娼流，却也有一种好处：从小好的是佛法。所得缠头金帛之资，尽情布施，毫不吝惜。况兼柳妈妈亲生之女，谁敢阻挡？在万松岭下，造石桥一座，名曰柳翠桥；凿一井于抱剑营中，名曰柳翠井。其他方便济人之事，不可尽说。又制下布衣一袭，每逢月朔月望，卸下铅华，穿着布素，闭门念佛；虽宾客如云，此日断不接见，以此为常。那月明和尚只为这世上，识透他根器不坏，所以立心要度他。正是：

　　　　悭贪二字能除却，终是西方路上人。

　　却说法空长老当日领了月明和尚言语，到次日，假以化缘为因，直到抱剑营柳行首门前，敲着木鱼，高声念道：

欲海轮回，沉迷万劫。

眼底荣华，空花易灭。

一旦无常，四大消歇。

及早回头，出家念佛。

这日正值柳翠西湖上游耍刚回，听得化缘和尚声口不俗，便教丫鬟唤入中堂，问道：“师父，你有何本事，来此化缘？”法空长老道：“贫僧没甚本事，只会说些因果。”柳翠问道：“何为因果？”法空长老道：“前为因，后为果；作者为因，受者为果。假如种瓜得瓜，种豆得豆，种是因，得是果；不因种下，怎得收成？好因得好果，恶因得恶果。所以说，要知前世因，今生受者是；要知后世因，今生作者是。”柳翠见说得明白，心中欢喜，留他吃了斋饭。又问道：“自来佛门广大，也有我辈风尘中人成佛作祖否？”法空长老道：“当初观音大士，见尘世欲根深重，化为美色之女，投身妓馆，一般接客。凡王孙公子，见其容貌，无不倾倒。一与之交接，欲心顿淡。因彼有大法力故，自然能破除邪网。后来无疾而死，里人买棺埋葬。有胡僧见其冢墓，合掌作礼，口称：'善哉，善哉！'里人说道：'此乃娼妓之墓，师父错认了。'胡僧说道：'此非娼妓，乃观世音菩萨分身，来度世上淫欲之辈，归于正道。如若不信，破土观之，其形骸必有奇异。'里人果然不信，忙蹦土破棺，见骨节联络，交锁不断，色如黄金，方始惊异。因就冢立庙，名为黄金锁子骨菩萨。这叫做清净莲花，污泥不染。小娘子今日混于风尘之中，也因前生种了欲根，所以今生堕落。若今日仍复执迷不悔，把倚门献笑认作本等生涯，将生生世世，浮沉欲海，永无超脱轮回之日矣。"

这席话，说得柳翠心中变喜为愁，翻热作冷，顿然起追前悔后之意。便道："奴家闻师父因果之说，心中如触。倘师父不弃贱流，情愿供养在寒家，朝夕听讲，不知允否？"法空长老道："贫僧道微德薄，不堪为师。此间皋亭山显孝寺，有个月明禅师，是活佛度世，能知人过去、未来之事。小娘子若坚心求道，贫僧当引拜月明禅师。小娘子听其讲解，必能洞了夙因，立地明心见性。"柳翠道："奴家素闻月明禅师之名，明日便当专访，有烦师父引进。"法空长老道："贫僧当得。明日侵晨在显孝寺前相候，小娘子休得失言。"柳翠舒出尖尖玉手，向乌云鬓边拔下一对赤金凤头钗，递与长老道："些须小

物，权表微忱，乞师父笑纳。"法空长老道："贫僧虽则
募化，一饱之外，别无所需，出家人要此首饰何用？"
柳翠道："虽然师父用不着，留作山门修理之费，也见奴
家一点诚心。"法空长老那里肯受，合掌辞谢而去。有
诗为证：

> 追欢卖笑作生涯，抱剑营中第一家。
>
> 终是法缘前世在，立谈因果倍嗟呀。

再说柳翠自和尚去后，转展寻思，一夜不睡。次
早起身，梳洗已毕，浑身上下换了一套新衣。只说要往
天竺进香，妈妈谁敢阻当？教丫鬟唤个小轿，一径抬到
皋亭山显孝寺来。那法空长老早在寺前相候，见柳翠下
轿，引入山门，到大雄宝殿，拜了如来，便同到方丈，
参谒月明和尚。正值和尚在禅床上打坐，柳翠一见，不
觉拜倒在地，口称："弟子柳翠参谒。"月明和尚也不回
礼，大喝道："你二十八年烟花债，还偿不勾，待要怎
么？"吓得柳翠一身冷汗，心中恍惚，如有所悟。再要
开言问时，月明和尚又大喝道："恩爱无多，冤仇有尽；
只有佛性，常明不灭。你与柳府尹打了平火，该收拾自
己本钱回去了。"说得柳翠肚里恍恍惚惚，连忙磕头道：
"闻知吾师大智慧、大光明，能知三生因果。弟子至愚

无识，望吾师明言指示则个。"月明和尚又大喝道："你要识本来面目，可去水月寺中寻玉通禅师，与你证明。快走，快走！走迟时，老僧禅杖无情，打破你这粉骷髅。"这一回话，唤做"显孝寺堂头三喝"。正是：

欲知因果三生事，只在高僧棒喝中。

柳翠被月明师父连喝三遍，再不敢开言，慌忙起身，依先出了寺门，上了小轿，分付轿夫，径抬到水月寺中，要寻玉通禅师证明。

却说水月寺中行者，见一乘女轿远远而来，内中坐个妇人。看看抬入山门，急忙唤集火工道人，不容他下轿。柳翠问其缘故，行者道："当初被一个妇人，断送了我寺中老师父性命，至今师父们分付，不容妇人入寺。"柳翠又问道："甚么妇人？如何有恁样做作？"行者道："二十八年前，有个妇人，夜来寺中投宿，十分哀求，老师父发起慈心，容他过夜。原来这妇人不是良家，是个娼妓，叫做吴红莲，奉柳府尹钧旨，特地前来，哄诱俺老师父。当夜假装肚疼，要老师父替他偎贴，因而破其色戒。老师父惭愧，题了八句偈语，就圆寂去了。"柳翠又问道："你可记得他偈语么？"行者道："还记得。"遂将偈语八句，念了一遍。柳翠听得念到："我身德行被你亏，你家门风还我坏。"心中豁然明白，恰像自家平日做下的一般。又问道："那位老师父唤甚么法名？"行者道："是玉通禅师。"

柳翠点头会意，急唤轿夫抬回抱剑营家里，分付丫鬟："烧起香汤，我要洗澡。"当时丫鬟伏侍，沐浴已毕。柳翠挽就乌云，取出布衣穿了，掩上房门。桌上见列著文房四宝，拂开素纸，题下偈语二首。偈云：

> 本因色戒翻招色，红裙生把缁衣革。
>
> 今朝脱得赤条条，柳叶莲花总无迹。

又云：

> 坏你门风我亦羞，冤冤相报甚时休？
>
> 今朝卸却恩仇担，廿八年前水月游。

后面又写道："我去后，随身衣服入殓，送到皋亭山下，求月明师父，一把无情火烧却。"写毕，掷笔而逝。

丫鬟推门进去，不见声息，向前看时，见柳翠盘膝坐于椅上，叫呼不应，已坐化去了。慌忙报知柳妈妈，柳妈妈吃了一惊，呼儿叫肉，啼哭将来，乱了一回。念了二首偈词，看了后面写的遗嘱，细问丫鬟天竺进香之事，方晓得在显孝寺参师，及水月寺行者一段说话，分明是丈夫柳宣教不行好事，破坏了玉通禅师法体，以致玉通投胎柳家，败其门风。冤冤相报，理之自然。今日被月明和尚指点破了，他就脱然而去。他要送皋亭山下，不可违之；但遗言火厝，心中不忍。所遗衣饰尽多，可为造坟之费。当下买棺盛殓，果然只用随身衣服，不用锦绣金帛之用。

入殓已毕，合城公子王孙平昔往来之辈，都来探丧吊孝。闻知坐化之事，无不嗟叹。柳妈妈先遣人到显孝寺，报与月明和尚知道，就与他商量埋骨一事。月明和尚将皋亭山下隙地一块，助与柳妈妈，择日安葬。合城百姓，闻得柳翠死得奇异，都道活佛显化，尽来送葬。造坟已毕，月明和尚向坟合掌作礼，说偈四句。偈云：

二十八年花柳债，一朝脱卸无拘碍。

红莲柳翠总虚空，从此老通长自在。

至今皋亭山下，有个柳翠墓古迹。

有诗为证：

柳宣教害人自害，通和尚因色堕色。

显孝寺三喝机锋，皋亭山青天白日。

第二十七卷　明悟禅师赶五戒

昔为东土寰中客，今作菩提会上人。

手把杨枝临净土，寻思往事是前身。

话说昔日唐太祖，姓李，名渊，承隋天下，建都陕西长安，法令一新。仗着次子世民，扫清七十二处狼烟，收伏一十八处蛮洞。改号武德。建文学馆以延一十八学士，造凌烟阁以绘二十三功臣。相魏徵、杜如晦、房玄龄等辈，以治天下。贞观、治平、开元，这几个年号，都是治世。只因玄宗末年，宠任奸臣李林甫、卢杞、杨国忠等，以召安禄山之乱。后来虽然平定，外有藩镇专制，内有宦官弄权，君子退，小人进，终唐之世，不得太平。

且说洛阳有一人，姓李，名源，字子澄，乃饱学之士，腹中记诵五车书，胸内包藏千古史。因见朝政颠倒，退居不仕，与本处慧林寺首僧圆泽为友，交游甚密。泽亦诗名遍洛，德行满野，乃宿世古佛，一时豪杰，皆敬慕之。每与源游山玩水，吊古寻幽，赏月吟风，怡情遣兴，诗赋文词，山川殆遍。忽一日，相约同舟往瞿塘三峡，游天开图画寺。源带一仆人，泽携一弟子，共四人发舟。不半月间，至三峡，舟泊于岸，振衣而起。忽见一妇人，年约三旬，外服旧衣，内穿锦裆，身怀六甲，背负瓦罂而汲清泉。圆泽一见，愀然不悦，指谓李源曰："此孕妇乃某托身之所也，明早吾即西行矣。"源愕然曰："吾师此言，是何所主也？"圆泽曰："吾今圆寂，自有相别言语。"四人乃入寺，寺僧接入。

茶毕，圆泽备道所由，众皆惊异。泽乃香汤沐浴，分付弟子已毕，乃与源决别，说道："泽今幸生四旬，与君交游甚密。今大限到来，只得分别。后三日，乞到伊家相访，乃某托身之所。三日浴儿，以一笑为验，此晚吾亦卒矣。再后十二年，到杭州天竺寺相见。"乃取纸笔，作辞世颂曰：

　　四十年来体性空，多于诗酒乐心胸。

　　今朝别却故人去，日后相逢下竺峰。

咦！幻身复入红尘内，赢得君家再与逢。

偈毕，跏趺而化。本寺僧众具衣龛，送入后山岩中，请本寺月峰长老下火。僧众诵经已毕，月峰坐在轿上，手执火把，打个问讯，念云：

三教从来本一宗，吾师全具得灵通。

今朝觉化归西去，且听山僧道本风。

恭惟圆寂圆泽禅师堂头大和尚之觉灵曰：惟灵生于河南，长在洛阳。自入空门，心无挂碍，酒吞江海，诗泣鬼神。惟思玩水寻山，不厌粗衣藜食。交至契之李源，游瞿塘之三峡。因见孕女而负罂，乃思托身而更出。再世杭州相见，重会今日交契。如今送入离宫，听取山僧指秘。咄！

三生共会下竺峰，葛洪井畔寻踪迹。

颂毕。茶毗之次，见火中一道青烟，直透云端，烟中显出圆泽全身本相，合掌向空而去。少焉，舍利如雨。众僧收骨入塔，李源不胜悲怆。

首僧留源在寺，闲住数日，至第三日，源乃至寺前，访于居民。去寺不半里，有一人家，姓张，已于三日前生一子，今正三朝，在家浴儿。源乃恳求一见，其人不许。源告以始末，贿以金帛，乃令源至中堂。妇人

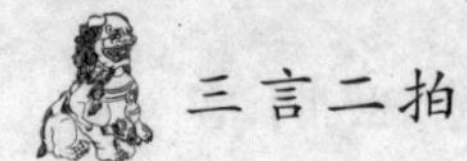

抱子正浴，小儿见源，果然一笑，源大喜而返。是晚，小儿果卒。源乃别长老回家。不题。

日往月来，星移斗换，不觉又十载有余。时唐十六帝僖宗乾符三年，黄巢作乱，天下骚动，万姓流离。君王幸蜀，民舍宫室悉遭兵火，一无所存。亏着晋王李克用，兴兵灭巢，僖宗龙归旧都，天下稍定，道路始通。源因货殖，来至江浙路杭州地方。时当清明，正是良辰美景，西湖北山游人如蚁。源思十二年前圆泽所言：下天竺相会。乃信步随众而行。见两山夹川，清流可爱，赏心不倦。不觉行入下竺寺西廊，看葛洪炼丹井。转入寺后，见一大石临溪，泉流其畔。源心大喜，少坐片时。忽闻隔川歌声。源见一牧童，年约十二三岁，身骑牛背，隔水高歌。源心异之，侧耳听其歌云：

三生石上旧精魂，赏月吟风不要论。

惭愧情人远相访，此身虽异性常存。

又云：

身前身后事茫茫，欲话当时恐断肠。

吴越山川游已遍，却寻烟棹上瞿塘。

歌毕，只见小童远远的看着李源，拍手大笑。源惊异之，急欲过川相问，而不可得。遥望牧童，渡柳穿林，不知去向。李源不胜惆怅，坐于石上久之。问于僧人，答道："此乃葛稚川石也。"源深详其诗，乃十二年圆泽之语，并月峰下火文记。至此在下竺相会，恰好正是三生！访问小儿住处，并言无有，源心怏怏而返。后人因呼源所坐葛稚川之石为"三生石"，至今古迹犹存。

后来瞿宗吉有诗云：

> 清波下映紫裀鲜，邂逅相逢峡口船。
>
> 身后身前多少事？三生石上说姻缘。

王元瀚又有诗云：

> 处世分明一梦魂，身前身后孰能论？
>
> 夕阳山下三生石，遗得荒唐迹尚存。

这段话文，叫做"三生相会"。如今再说个两世相逢的故事，乃是"明悟禅师赶五戒"，又说是"佛印长老度东坡"。

话说大宋英宗治平年间，去那浙江路宁海军钱塘门外，南山净慈孝光禅寺，乃名山古刹。本寺有两个得道高僧，是师兄师弟，一个唤做五戒禅师，一个唤作明悟禅师。这五戒禅师，年三十一岁，形容古怪，左边瞽一目，身不满五尺，本贯西京洛阳人。自幼聪明，举笔成文，琴棋书画，无所不通。长成出家，禅宗释教，如法了得，参禅访道。俗姓金，法名五戒。且问何谓之"五戒"？

> 第一戒者，不杀生命。
>
> 第二戒者，不偷盗财物。
>
> 第三戒者，不听淫声美色。
>
> 第四戒者，不饮酒茹荤。
>
> 第五戒者，不妄言造语。

此谓之"五戒"。

忽日云游至本寺，访大行禅师。禅师见五戒佛法晓得，留在寺中，做了上色徒弟。不数年，大行禅师圆寂，本寺僧众立他做住持，每日打坐参禅。那第二个唤做明悟禅师，年二十九岁，生得头圆耳大，面阔口方，眉清目秀，丰彩精神，身长七尺，貌类罗汉，本贯河南太原府人氏。俗姓王，自幼聪明，笔走龙蛇；参禅访道，出家在本处沙陀寺，法名明悟。后亦云游至宁海军，到净慈寺来访五戒禅师。禅师见他聪明了得，就留于本寺做师弟。二人如一母所生，且是好。但遇着说法，二人同升法座，讲说佛教。不在话下。

忽一日，冬尽春初，天道严寒，阴云作雪，下了两日。第三日，雪霁天晴。五戒禅师清早在方丈禅椅上坐，耳内远远的听得小孩儿啼哭声。当时便叫身边一个知心腹的道人，唤做清一，分付道：“你可去山门外各处看有甚事，来与我说。”清一道：“长老，落了两日雪，今日方晴，料无甚事。”长老道：“你可快去看了来回话。”清一推托不过，只得走到山门边。那时天未明，山门也不曾开。叫门公开了山门，清一打一看时，吃了一惊。道：“善哉，善哉！”正所谓：

> 日日行方便，时时发道心。
>
> 但行平等事，不用问前程。

当时清一见山门外松树根雪地上，一块破席，放一个小孩儿在那里。口里道：“苦哉，苦哉！甚人家将这个孩儿丢在此间？不是冻死，便是饿死！”走向前仔细一看，却是五六个月一个女儿，将一个破衲头包着，怀内揣着个纸条儿，上写生年月日时辰。清一口里不说，心下思量：“古人有云：救人一命，胜造七级浮屠。”连忙走回方丈，禀复长老道：“不知甚人家，将个五七个月女孩儿，破衣包着，撇在山门外松树根头。这等寒天，又无人来往，怎的做个方便，救他则个！”长老道：“善哉，善哉！清一，难得你善心。你如今抱了回房，早晚把些粥饭与他，喂养长大，把与人家。救他性命，胜做出家人。”

当时清一急急出门去，抱了女儿到方丈中，回复长老。长老看道：“清一，你将那纸条儿我看。”清一递与长老。长老看时，却写道：“今年六月十五日午时生，小名红莲。”长老分付清一：“好生抱去房里，养到五七岁，把与人家去，也是好事。”清一依言，抱到千佛殿后，一带三间四椽平屋房中，放些火，在火囤内烘他，取些粥喂了。似此日往月来，藏在空房中，无人知觉，一向长老也忘了。不觉红莲已经十岁。清一见他生得清秀，诸事见便，藏匿在房里，出门锁了，入门关了，且是谨慎。

光阴似箭，日月如梭。倏忽这红莲女长成一十六岁，这清一如自生的女儿一般看待。虽然女子，却只打扮如男子，衣服鞋袜，头上头发，前齐眉，后齐项，一似个小头陀。且是生得清楚，在房内茶饭针线。清一指望寻个女婿，要他养老送终。

一日，时遇六月炎天，五戒禅师忽想十数年前之事。洗了浴，吃了晚粥，径走到千佛阁后来。清一道：“长老希行。”长老道：“我问你，那年抱的红莲，如今在那里？”清一不敢隐匿，引长老到房中一见，吃了一惊，却似：

分开八块顶阳骨，倾下半桶冰雪来。

长老一见红莲，一时差讹了念头，邪心遂起，嘻嘻笑道：“清一，你今晚可送红莲到我卧房中来，不可有误。你若依我，我自抬举你。此事切不可泄漏，只教他做个小头陀，不要使人识破他是女子。”清一口中应允，心内想道：“欲待不依，长老又难；依了长老，今夜去到房中，必坏了女身：千难万难。”长老见清一应不爽利，便道：“清一，你锁了房门，跟我到房里去。”清一跟了长老，径到房中。长老去衣箱里，取出十两银子，把与清一，道：“你且将这些去用，我明日与你讨道度牒，剃你做徒弟，你心下如何？”清一道：“多谢长老抬举。”只得收了银子，别了长老。回到房中，低低说与红莲道：“我儿，却才来的是本寺长老。他见你，心中喜爱你。今等夜静，我送你去伏事长老。你可小心仔细，不可有误。”红莲见父亲如此说，便应允了。

到晚，两个吃了晚饭。约莫二更天气，清一领了红莲，径到长老房中，门窗无些阻当。原来长老有两个行者在身边伏事，当晚分付：“我要出外闲走乘凉，门窗且未要关。”因此无阻。长老自在房中等清一送红莲来，候至二更，只见清一送小头陀来房中。长老接入房内，分付清一："你到明日此时，来领他回房去。"清一自回房中去了。

且说长老关了房门，灭了琉璃灯，携住红莲手，一把拉到床前。教红莲脱了衣服，长老向前一搂，搂在怀中，抱上床去。却便似：

> 戏水鸳鸯，穿花鸾凤。喜孜孜枝生连理，美甘甘带绾同心。恰恰莺声，不离耳畔；津津甜唾，笑吐舌尖。杨柳腰，脉脉春波；樱桃口，微微气喘。星眼朦胧，细细汗流香玉体；酥胸荡漾，涓涓露滴牡丹心。一个初侵女色，犹如饿虎吞羊；一个乍遇男儿，好似渴龙得水。可惜菩提甘露水，倾入红莲两瓣中。

当日长老与红莲云收雨散，却好五更，天色将明。长老思量一计，怎生藏他在房中？房中有口大衣厨，长老开了锁，将厨内物件都收拾了，却教红莲坐在厨中，分付道："饭食我自将来与你吃，可放心宁耐则个。"红莲是女孩儿家，初被长老淫勾，心中也喜，躲在衣厨内，把锁锁了。少间，长老上殿诵经毕，入房，闭了房门，将厨开了锁，放出红莲，把饮食与他吃了，又放些

果子在厨内，依先锁了。至晚，清一来房中，领红莲回房去了。

却说明悟禅师，当夜在禅椅上入定回来，慧眼已知五戒禅师差了念头，犯了色戒，淫了红莲，把多年清行，付之东流。"我今劝省他不可如此。"也不说出。至次日，正是六月尽，门外撒骨池内，红白莲花盛开。明悟长老令行者采一朵白莲花，将回自己房中，取一花瓶插了，教道人备杯清茶在房中。却教行者去请五戒禅师："我与他赏莲花，吟诗谈话则个。"不多时，行者请到五戒禅师。两个长老坐下，明悟道："师兄，我今日见莲花盛开，对此美景，折一朵在瓶中，特请师兄吟诗清话。"五戒道："多蒙清爱。"行者捧茶至。茶罢，明悟禅师道："行者，取文房四宝来。"行者取至面前，五戒道："将何物为题？"明悟道："便将莲花为题。"五戒捻起笔来，便写四句诗道：

　　一枝菡萏瓣初张，相伴葵榴花正芳。

　　似火石榴虽可爱，争如翠盖芰荷香？

　　五戒诗罢，明悟道："师兄有诗，小僧岂得无语乎？"落笔便写四句诗曰：

　　春来桃杏尽舒张，方蕊千花斗艳芳。

夏赏芰荷真可爱，红莲争似白莲香？

明悟长老依韵诗罢，呵呵大笑。五戒听了此言，心中一时解悟，面皮红一回，青一回，便转身辞回卧房。对行者道："快与我烧桶汤来洗浴。"行者连忙烧汤，与长老洗浴罢。换了一身新衣服，取张禅椅到房中，将笔在手，拂开一张素纸，便写八句《辞世颂》曰：

吾年四十七，万法本归一。

只为念头差，今朝去得急。

传与悟和尚，何劳苦相逼？

幻身如雷电，依旧苍天碧。

写罢《辞世颂》，教焚一炉香在面前。长老上禅椅上，左脚压右脚，右脚压左脚，合掌坐化。

行者忙去报与明悟禅师。禅师听得大惊，走到房中看时，见五戒师兄已自坐化去了。看了面前《辞世颂》，道："你好却好了，只可惜差了这一着。你如今虽得个男子身，长成不信佛、法、僧三宝，必然灭佛谤僧，后世却堕落苦海，不得皈依佛道，深可痛哉！真可惜哉！你道你走得快，我赶你不着不信！"当时也教道人烧汤洗浴，换了衣服，到方丈中，上禅椅跏趺而坐。分付徒众道："我今去赶五戒和尚，汝等可将两个龛子盛了，放三日一同焚化。"嘱罢，圆寂而去。众僧皆惊，有如此异事！城内城外听得本寺两个禅师同日坐化，各皆惊讶，来烧香礼拜布施者，人山人海，男子妇人，不计其数。嚷了三日，抬去金牛寺焚化，拾骨撒了。

这清一遂浼人说议亲事，将红莲女嫁与一个做扇子的刘待诏为妻，养了清一在家，过了下半世。不在话下。

且说明悟一灵真性，直赶至四川眉州眉山县城中，五戒已自托生在一个人家。这个人家，姓苏，名洵，字明允，号老泉居士，诗礼之人。院君王氏，夜梦一瞽目和尚，走入房中，吃了一惊。明旦分娩一子，生得眉清目秀，父母皆喜。三朝满月，百日一周。不在话下。

却说明悟一灵，也托生在本处，姓谢，名原，字道清。妻章氏，亦梦一罗汉，手持一印，来家抄化。因惊醒，遂生一子。年长，取名谢瑞卿。自幼不吃荤酒，一心只爱出家。父母是世宦之家，怎么肯？勉强送他学堂攻书。资性聪明，过目不忘，吟诗作赋，无不出人头地。喜看的是诸经内典，一览辄能解会。随你高僧讲论，都不如他。可惜一肚子学问，不屑应举求官；但说着功名之事，笑而不答。这也不在话下。

却说苏老泉的孩儿，年长七岁，教他读书写字，十分聪明，目视五行书。行至十岁来，五经三史，无所不通。取名苏轼，字子瞻。此人文章冠世，举笔珠玑，从幼与谢瑞卿同窗相厚，只是志趣不同。那东坡志在功名，偏不信佛法，最恼的是和尚，常言："不秃不毒，不毒不秃；转毒转秃，转秃转毒。我若一朝管了军民，定要灭了这和尚们，方遂吾愿。"见谢瑞卿不用荤酒，便大笑道："酒肉乃养生之物，依你不杀生，不吃肉，羊、豕、鸡、鹅，填街塞巷，人也没处安身了。况酒是米做的，又不害性命，吃些何伤？"每常二人相会，瑞卿便劝子瞻学佛，子瞻便劝瑞卿做官。瑞卿道："你那做官，是不了之事；不如学佛，三生结果。"子瞻道："你那学佛，是无影之谈；不如做官，实在事业。"终日议论，各不相胜。

仁宗天子嘉祐改元，子瞻往东京应举，要拉谢瑞卿同去，瑞卿不从。子瞻一举成名，御笔除翰林学士，锦衣玉食，前呼后拥，富贵非常！思念窗友谢瑞卿不肯出仕，"吾今接他到东京，他见我如此富贵，必然动了功名之念。"于是修书一封，差人到眉山县接谢瑞卿到来。谢瑞卿也恐怕子瞻一旦富贵，果然谤佛灭僧，也要劝化他回心改念，遂随着差人到东京，与子瞻相见。两人终日谈论，依旧各执己见，不相上下。

你说事有凑巧，物有偶然。适值东京大旱，赤地千里。仁宗天子降旨，特于内庭修建七日黄罗大醮，为万民祈雨。仁宗一日亲自行香二次，百官皆素服奔走执事。翰林官专管撰青词，子瞻奉旨修撰，要拉瑞卿同去，共观胜会。瑞卿心中却不愿行，子瞻道："你平昔最喜佛事，今日朝廷请下三十六处名僧，建下祈场，诵经设醮，你不去随喜，却不挫过？"瑞卿道："朝廷设醮，虽然仪文好看，都是套数，那有什么高僧谈经说法，使人倾听？"看起来也是子瞻法缘该到，自然生出机会来。当日子瞻定要瑞卿作伴同往，瑞卿拗他不过，只得从命。二人到了佛场，子瞻随班效劳，瑞卿打扮个道人模样，往来观看法事。

忽然仁宗天子驾到，众官迎入，在佛前拈香下拜。瑞卿上前一步，偷看圣容，被仁宗龙目观见瑞卿生得面方耳大，丰仪出众。仁宗金口玉言，问道："这汉子何人？"苏轼一时着了忙，使个急智，跪下奏道："此乃大相国寺新来一个道人，为他深通经典，在此供香火之役。"仁宗道："好个相貌！既然深通经典，赐你度牒一道，钦度为僧。"谢瑞卿自小便要出家做和尚，恰好圣旨分付，正中其意。当下谢恩已毕，奏道："既蒙圣恩剃度，愿求御定法名。"仁宗天子问礼部取一道度牒，御笔判定"佛印"二字。瑞卿领了度牒，重又叩谢。候圣驾退了，瑞卿就于醮坛佛前祝发，自此只叫佛印，不叫谢瑞卿了。那大相国寺众僧，见佛印参透佛法，又且圣旨剃度，苏学士的乡亲好友，谁敢怠慢？都称他做"禅师"。不在话下。

且说苏子瞻特地接谢瑞卿来东京，指望劝他出仕，谁知带他到醮坛行走，累他落发改名为僧，心上好不过意。谢瑞卿向来劝子瞻信心学佛，子瞻不从；今日到是子瞻作成他落发，岂非天数，前缘注定？那佛印虽然心爱出家，故意埋怨子瞻许多言语，子瞻惶恐无任，只是谢罪，再不敢说做和尚的半个字儿不好。任凭佛印谈经说法，只得悉心听受；若不听受时，佛印就发恼起来。听了多遍，渐渐相习，也觉佛经讲得有理，不似向来水火不投的光景了。朔望日，佛印定要子瞻到相国寺中礼佛奉斋，子瞻只得依他。又子瞻素爱佛印谈论，日常无事，便到寺中与佛印闲讲，或分韵吟诗。佛印不动荤酒，子瞻也随着吃素，把个毁僧谤佛的苏学士，变做了护法敬僧的苏子瞻了。佛印乘机又劝子瞻弃官修行，子瞻道："待我宦成名就，筑室寺东，与师同隐。"因此别号东坡居士，人都称为苏东坡。

那苏东坡在翰林数年，到神宗皇帝熙宁改元，差他知贡举，出策题内讥诮了当朝宰相王安石。安石在天子面前谮他恃才轻薄，不宜在史馆，遂出为杭州通判。与佛印相别，自去杭州赴任。一日，在府中闲坐，忽见门吏报说："有一和尚，说是本处灵隐寺住持，要见学士相公。"东坡教门吏出问："何事要见相公？"佛印见问，于门吏处借纸笔墨来，便写四字送入府去。东坡看其四字："诗僧谒见。"东坡取笔来批一笔云："诗僧焉敢谒王侯？"教门吏把与和尚。和尚又写四句诗道：

> 大海尚容蛟龙隐，高山也许凤皇游。
>
> 笑却小人无度量，诗僧焉敢谒王侯！

东坡见此诗，方才认出字迹，惊讶道："他为何也到此处？快请相见。"你道那和尚是谁？正是佛印禅师。因为苏学士谪官杭州，他辞下大相国寺，行脚到杭州灵隐寺住持，又与东坡朝夕往来。后来东坡自杭州迁任徐州，又自徐州迁任湖州，佛印到处相随。

神宗天子元丰二年，东坡在湖州做知府，偶感触时事，做了几首诗，诗中未免含着讥讽之意。御史李定、王珪等交章劾奏苏轼诽谤朝政。天子震怒，遣校尉拿苏轼来京，下御史台狱，就命李定勘问。李定是王安石门生，正是苏家对头，坐他大逆不道，问成死罪。东坡在狱中，思想着甚来由，读书做官，今日为几句诗上，便丧了性命？乃吟诗一首自叹，诗曰：

> 人家生子愿聪明，我为聪明丧了生。
>
> 但愿养儿皆愚鲁，无灾无祸到公卿。

吟罢，凄然泪下，想道："我今日所处之地，分明似鸡鸭到了庖人手里，有死无活。想鸡鸭得何罪，时常烹宰他来吃？只为他不会说话，有屈莫伸。今日我苏轼枉了能言快语，又向那处伸冤？岂不苦哉！记得佛印时常劝我戒杀持斋，又劝我弃官修行，今日看来，他的说话，句句都是，悔不从其言也！"

叹声未绝，忽听得数珠索落一声，念句"阿弥陀佛"。东坡大惊，睁眼看时，乃是佛印禅师。东坡忘其身在狱中，急起身迎接，问道："师兄何来？"佛印道："南山净慈孝光禅寺，红莲花盛开，同学士去玩赏。"东坡不觉相随而行，到于孝光禅寺。进了山门，一路僧房曲折，分明是熟游之地。法堂中摆设钟磬经典之类，件件认得，好似自家家里一般，心下好生惊怪。寺前寺后，走了一回，并不见有莲花。乃问佛印禅师道："红莲在那里？"佛印向后一指道："这不是红莲来也？"东坡回头看时，只见一个少年女子，从千佛殿后，冉冉而来。走到面前，深深道个万福。东坡看那女子，如旧日相识。那女子向袖中摸出花笺一幅，求学士题诗。佛印早取到笔砚，东坡遂信手写出四句。道是：

四十七年一念错，贪却红莲甘堕却。

孝光禅寺晓钟鸣，这回抱定如来脚。

那女子看了诗，扯得粉碎，一把抱定东坡，说道："学士休得忘恩负义！"东坡正没奈何，却得佛印劈手拍开，惊出一身冷汗。醒将转来，乃是南柯一梦。狱中更鼓正打五更。东坡寻思："此梦非常，四句诗一字不忘。"正不知甚么缘故，忽听得远远晓钟声响，心中顿然开悟："分明前世在孝光寺出家，为色欲堕落，今生受此苦楚。若得佛力覆庇，重见天日，当一心护法，学佛修行。"

少顷天明，只见狱官进来称贺，说："圣旨赦学士之罪，贬为黄州团练副使。"东坡得赦，才出狱门，只见佛印禅师在于门首，上前问讯道："学士无恙？贫僧相候久矣！"原来被逮之日，佛印也离了湖州，重来东京大相国寺住持，看取东坡下落。闻他问成死罪，各处与他分诉求救，却得吴充、王安礼两个正人，在天子面前竭力保奏。太皇太后曹氏，自仁宗朝便闻苏轼才名，今日也在宫中劝解。天子回心转意，方有这道赦书。东坡见了佛印，分明是再世相逢，倍加欢喜。东坡到五凤楼下，谢恩过了，便来大相国寺，寻佛印说其夜来之梦。说到中间，佛印道："住了，贫僧昨夜亦梦如此。"也将所梦说出，后一段与东坡梦中无二。二人互相叹异。

次日，圣旨下，苏轼谪守黄州。东坡与佛印相约：且不上任，迂路先到宁海军钱塘门外来访孝光禅寺。比及到时，路径门户，一如梦中熟识。访问僧众，备言五戒私污红莲之事。那五戒临化去时，所定《辞世颂》，寺僧兀自藏着。东坡索来看了，与自己梦中所题四句诗相合，方知佛法轮回，并非诳语，佛印乃明悟转生无疑。此时东坡便要削发披缁，跟随佛印出家。佛印到不允从，说道："学士宦缘未断，二十年后，方能脱离尘俗。但愿坚持道心，休得改变。"东坡听了佛印言语，复来黄州上任。自此不杀生，不多饮酒，浑身内外，皆穿布衣，每日看经礼佛。在黄州三年，佛印仍朝夕相随，无日不会。

　　哲宗皇帝元祐改元，取东坡回京，升做翰林学士、经筵讲官。不数年，升做礼部尚书、端明殿大学士。佛印又在大相国寺相依，往来不绝。到绍圣年间，章惇做了宰相，复行王安石之政，将东坡贬出定州安置。东坡到相国寺相辞佛印，佛印道："学士宿业未除，合有几番劳苦。"东坡问道："何时得脱？"佛印说出八个字来，道是："逢永而返，逢玉而终。"又道："学士牢记此八字者！学士今番跋涉忒大，贫僧不得相随，只在东京等候。"东坡怏怏而别。到定州未及半年，再贬英州；不多时，又贬惠州安置；在惠州年余，又徙儋州；又自儋州移廉州；自廉州移永州；踪迹无定，方悟佛印"跋涉忒大"之语。

　　在永州不多时，赦书又到，召还提举玉局观。想着："'逢永而返'，此句已应了；'逢玉而终'，此乃我终身结局矣。"乃急急登程，重到东京，再与佛印禅师相会。佛印道："贫僧久欲回家，只等学士同行。"东坡此时大通佛理，便晓得了。当夜两个在相国寺，一同沐浴了毕，讲论到五更，分别而去。这里佛印在相国寺圆寂，东坡回到寓中，亦无疾而逝。

　　至道君皇帝时，有方士道："东坡已作大罗仙。亏了佛印相随一生，所以不致堕落。佛印是古佛出世。"这两世相逢，古今罕有，至今流传做话本。有诗为证：

禅宗法教岂非凡？佛祖流传在世间。

铁树开花千载易，坠落阿鼻要出难。

第二十八卷　闹阴司司马貌断狱

扰扰劳生，待足何时是足？据见定，随家丰俭，便堪龟缩。得意浓时休进步，须防世事多番覆。枉教人、白了少年头，空碌碌。

谁不愿，黄金屋？谁不愿，千钟粟？算五行，不是这般题目。枉使心机闲计较，儿孙自有儿孙福。又何须、采药访蓬莱？但寡欲。

这篇词，名《满江红》，是晦庵和尚所作，劝人乐天知命之意。凡人万事莫逃乎命，假如命中所有，自然不求而至；若命里没有，枉自劳神，只索罢休。你又不是司马重湘秀才，难道与阎罗王寻闹不成？说话的，就是司马重湘怎地与阎罗王寻闹？毕竟那个理长，那个理短？请看下回便见。诗曰：

世间屈事万千千，欲觅长梯问老天。

休怪老天公道少，生生世世宿因缘。

话说东汉灵帝时，蜀郡益州，有一秀才，复姓司马，名貌，表字重湘，资性聪明，一目十行俱下。八岁纵笔成文，本郡举他应神童，起送至京。因出言不逊，冲突了试官，打落下去。及年长，深悔轻薄之非，更修端谨之行，闭户读书，不问外事。双亲死，庐墓六年，人称其孝。乡里中屡次举他孝廉、有道及博学宏词，都为有势力者夺去，悒悒不得志。自光和元年，灵帝始开西邸，卖官鬻爵，视官职尊卑，入钱多少，各有定价：欲为三公者，价千万；欲为卿者，价五百万。崔烈讨了傅母的人情，入钱五百万，得为司徒。后受职谢恩之日，灵帝顿足懊悔道："好个官，可惜贱卖了！若小小作难，千万必可得也。"又置鸿都门学，敕州、郡、三公，举用富家郎为诸生。若入得钱多者，出为刺史，入为尚书，士君子耻与其列。

司马重湘家贫，因此无人提挈，淹滞至五十岁，空负一腔才学，不得出身，屈理于众人之中，心中怏怏不平。因乃酒醉，取文房四宝，且吟且写，遂成《怨词》一篇。词曰：

> 天生我才兮，岂无用之？豪杰自期兮，奈此数奇！五十不遇兮，困迹蓬蒿。纷纷金紫兮，自何人斯？胸无一物兮，囊有余资。富者乘云兮，贫者堕泥；贤愚颠倒兮，题雄为雌。世运沦夷兮，俾我嵚崎。天道何知兮，将无有私？欲叩末曲兮，悲涕淋漓。

写毕，讽咏再四。余情不尽，又题八句：

> 得失与穷通，前生都注定。
>
> 问彼注定时，何不判忠佞？
>
> 善士叹沉埋，凶人得暴横。
>
> 我若作阎罗，世事皆更正。

不觉天晚，点上灯来，重湘于灯下，将前诗吟哦了数遍，猛然怒起，把诗稿向灯焚了，叫道："老天，老天！你若还有知，将何言抵对？我司马貌一生鲠直，并无奸佞，便提我到阎罗殿前，我也理直气壮，不怕甚的！"说罢，自觉身子困倦，倚桌而卧。

只见七八个鬼卒，青面獠牙，一般的三尺多长，从桌底下钻出，向重湘戏侮了回，说道："你这秀才，有何才学？辄敢怨天尤地，毁谤阴司！如今我们来拿你去见阎罗王，只教你有口难开。"重湘道："你阎罗王自不公正，反怪他人谤毁，是何道理？”众鬼不由分说，一齐上前，或扯手，或扯脚，把重湘拖下坐来，便将黑索子望他颈上套去。重湘大叫一声，醒将转来，满身冷汗。但见短灯一盏，半明半灭，好生凄惨！

重湘连打几个寒禁，自觉身子不快，叫妻房汪氏："点盏热茶来吃。"汪氏点茶来，重湘吃了，转觉神昏体倦，头重脚轻。汪氏扶他上床。次日，昏迷不醒，叫唤也不答应，正不知什么病症。捱至黄昏，口中无气，直挺挺的死了。汪氏大哭一场，见他手脚尚软，心头还有些微热，不敢移动他，只守在他头边，哭天哭地。

话分两头。原来重湘写了《怨词》，焚于灯下，被夜游神体察，奏知玉帝。玉帝见了，大怒道："世人爵禄深沉，关系气运。依你说，贤者居上，不肖者居下；有才显荣，无才者黜落；天下世世太平，江山也永不更变了？岂有此理！小儒见识不广，反说天道有私。速宜治罪，以儆妄言之辈。"时有太白金星启奏道："司马貌虽然出言无忌，但此人因才高运蹇，抑郁不平，致有此论。若据福善祸淫的常理，他所言未为无当，可谅情而恕之。"玉帝道："他欲作阎罗，把世事更正，甚是狂妄！阎罗岂凡夫可做？阴司案牍如山，十殿阎君，食不暇给。偏他有甚本事，一一更正来？”金星又奏道：“司马貌口出大言，必有大才。若论阴司，果有不平之事。几百年滞狱，未经判断的，往往地狱中怨气上冲天庭。以臣愚见，不若押司马貌到阴司，权替阎罗王半日之位，凡阴司有冤枉事情，着他剖断。若断得公明，将功恕罪；倘若不公不明，即时行罚，他心始服也。”

玉帝准奏，即差金星奉旨，到阴司森罗殿，命阎君即勾司马貌到来，权借王位与坐。只限一晚，六个时辰，容他放告理狱。若断得公明，来生注他极富极贵，以酬其今生抑郁之苦；倘无才判问，把他打落酆都地狱，永不得转人身。阎君得旨，使差无常小鬼，将重湘勾到地府。

重湘见了小鬼，全然无惧，随之而行。到森罗殿前，小鬼喝教下跪。重湘问道：“上面坐者何人？我去跪他？”小鬼道：“此乃阎罗天子。”重湘闻说，心中大喜！叫道：“阎君，阎君，我司马貌久欲见你，吐露胸中不平之气，今日幸得相遇。你贵居王位，有左右判官，又有千万鬼卒、牛头、马面，帮扶者甚众。我司马貌只是个穷秀才，孑然一身，生死出你之手。你休得把势力相压，须是平心论理，理胜者为强。"阎君道："寡人忝为阴司之主，凡事皆依天道而行。你有何德能，便要代我之位？所更正者何事？"

重湘道："阎君，你说奉天行道，天道以爱人为心，以劝善惩恶为公。如今世人有等悭吝的，偏教他财积如山；有等肯做好事的，偏教他手中空乏。有等刻薄害人的，偏教他处富贵之位，得肆其恶；有等忠厚肯扶持人的，偏教他吃亏受辱，不遂其愿。作善者，常被作恶者欺瞒；有才者，反为无才者凌压。有冤无诉，有屈无伸，皆由你阎君判断不公之故。即如我司马貌，一生苦志读书，力行孝弟，有甚不合天心处？却教我终身蹭蹬，屈于庸流之下。似此颠倒贤愚，要你阎君何用？若让我司马貌坐于森罗殿上，怎得有此不平之事？"

阎君笑道："天道报应，或迟或早，若明若暗：或食报于前生，或留报于后代。假如富人悭吝，其富乃前生行苦所致；今生悭吝，不种福田，来生必受饿鬼之报矣。贫人亦由前生作业，或横用非财，受享太过，以致今生穷苦；若随缘作善，来生依然丰衣足食。由此而推，刻薄者虽今生富贵，难免堕落；忠厚者虽暂时亏辱，定注显达。此乃一定之理，又何疑焉？人见目前，天见久远。人每不能测天，致汝纷纭议论，皆由浅见薄识之故也。”

重湘道：“既说阴司报应不爽，阴间岂无冤鬼？你敢取从前案卷，与我一一稽查么？若果事事公平，人人心服，我司马貌甘服妄言之罪。”阎君道：“上帝有旨，将阎罗王位，权借你六个时辰，容放告理狱。若断得公明，还你来生之富贵；倘无才判问，永堕酆都地狱，不得人身。”重湘道：“玉帝果有此旨，是吾之愿也。”

当下阎君在御座起身，唤重湘入后殿，戴平天冠，穿蟒衣，束玉带，装扮出阎罗天子气象。鬼卒打起升堂鼓，报道：“新阎君升殿！”善恶诸司，六曹法吏，判官小鬼，齐齐整整，分立两边。重湘手执玉简，昂然而出，升于法座。诸司吏卒，参拜已毕，禀问要抬出放告牌。重湘想道：“五岳四海，多少生灵！上帝只限我六个时辰管事，倘然判问不结，只道我无才了，取罪不便。”心生一计，便教判官分付：“寡人奉帝旨管事，只六个时辰，不及放告。你可取从前案卷来查，若有天大疑难事情，累百年不决者，寡人判断几件，与你阴司问事的，做个榜样。”判官禀道：“只有汉初四宗文卷，至今三百五十余年，未曾断结，乞我王拘审。"重湘道："取卷上来看。"判官捧卷呈上。重湘揭开看时，一宗屈杀忠臣事，原告：韩信、彭越、英布；被告：刘邦、吕氏。一宗恩将仇报事，原告：丁公；被告：刘邦。一宗专权夺位事，原告：戚氏；被告：吕氏。一宗乘危逼命事，原告：项羽；被告：王翳、杨喜、夏广、吕马童、吕胜、杨武。重湘览毕，呵呵大笑道："恁样大事，如何反不问决？你们六曹吏司，都该究罪。这都是向来阎君因循耽搁之故。寡人今夜都与你判断明白。"随叫直日鬼吏，照单开四宗文卷原、被告姓名，一齐唤到，挨次听审。那时振动了地府，闹遍了阴司。有诗为证：

> 每逢疑狱便因循，地府阳间事体均。
>
> 今日重湘新气象，千年怨气一朝伸。

鬼吏禀道："人犯已拘齐了，请爷发落。"重湘道："带第一起上来。"判官高声叫道："第一起犯人听点！"原、被共五名，逐一点过、答应：原告韩信，有，彭越，有，英布，有；被告刘邦，有，吕氏，有。

重湘先唤韩信上来，问道："你先事项羽，位不过郎中，言不听，计不从。一遇汉祖，筑坛拜将，捧毂推轮，后封王爵以酬其功。如何又起谋叛之心，自取罪戮，今生反告其主？”韩信道：“阎君在上，容信一一告诉。某受汉王筑坛拜将之恩，使尽心机，明修栈道，暗度陈仓，与汉王定了三秦；又救汉皇于荥阳，虏魏王豹，破代兵，禽赵王歇；北定燕，东定齐，下七十余城；南败楚兵二十万，杀了名将龙且；九里山排下十面埋伏，杀尽楚兵；又遣六将，逼死项王于乌江渡口。造下十大功劳，指望子子孙孙，世享富贵。谁知汉祖得了天下，不念前功，将某贬爵。吕后又与萧何定计，哄某长乐宫，不由分说，叫武士缚某斩之；诬以反叛，夷某三族。某自思无罪，受此惨祸，今三百五十余年，衔冤未报，伏乞阎君明断。”重湘道：“你既为元帅，有勇无谋，岂无商量帮助之人？被人哄诱，如缚小儿！今日却怨谁来？”韩信道：“曾有一军师，姓蒯，名通。奈何有始无终，半途而去。”

重湘叫鬼吏：“快拘蒯通来审。”霎时间，蒯通唤到。重湘道：“韩信说你有始无终，半途而逃，不尽军师之职，是何道理？”蒯通道：“非我有始无终，是韩信不听忠言，以致于此。当初韩信破走了齐王田广，是我进表洛阳，与他讨个假王名号，以镇齐人之心。汉王骂道：

'胯下夫，楚尚未灭，便想王位？'其时张子房在背后，轻轻蹑汉皇之足，附耳低言：'用人之际，休得为小失大。'汉皇便改口道：'大丈夫要便为真王，何用假也？'乃命某赍印，封信为三齐王。某察汉王终有疑信之心，后来必定负信。劝他反汉，与楚连和，三分天下，以观其变。韩信道：'筑坛拜将之时，曾设下大誓：汉不负信，信不负汉。今日我岂可失信于汉皇？'某反覆陈说利害，只是不从，反怪某教唆谋叛。某那时惧罪，假装风魔，逃回田里。后来助汉灭楚，果有长乐宫之祸，悔之晚矣。"重湘问韩信道："你当初不听蒯通之言，是何主意？"韩信道："有一算命先生许复，算我有七十二岁之寿，功名善终，所以不忍背汉。谁知夭亡，只有三十二岁！"

重湘叫鬼吏："再拘许复来审。"问道："韩信只有三十二岁，你如何许他七十二岁？你做术士的，妄言祸福，只图哄人钱钞，不顾误人终身。可恨，可恨！"许复道："阎君听禀：常言人有可延之寿，亦有可折之寿。所以星家偏有，寿命难定。韩信应该七十二岁，是据理推算。何期他杀机太深，亏损阴骘，以致短折，非某推算无准也。"重湘问道："他那几处阴骘亏损？可一一说来。"许复道："当初韩信弃楚归汉时，迷踪失路，亏遇两个樵夫，指引他一条径路，往南郑而走。韩信恐楚王遣人来追，被樵夫走漏消息，拔剑回步，将两个樵夫都杀了。虽然樵夫不打紧，却是有恩之人。天条负恩忘义，其罚最重。"诗曰：

亡命心如箭离弦，迷津指引始能前。

有恩不报翻加害，折堕青春一十年。

重湘道："还有三十年呢？"许复道："萧何丞相三荐韩信，汉皇欲重其权，筑了三丈高坛，教韩信上坐，汉皇手捧金印，拜为大将，韩信安然受之。"诗曰：

大将登坛阃外专，一声军令赛皇宣。

微臣受却君皇拜，又折青春一十年。

重湘道："臣受君拜，果然折福。还有二十年呢？"许复道："辩士郦生，说齐王田广降汉。田广听了，日日与郦生饮酒为乐。韩信乘其无备，袭击破之。田广只道郦生卖己，烹杀郦生。韩信得了大功劳，辜负了齐王降汉之意，掩夺了郦生下齐之功。"诗曰：

说下三齐功在先，乘机掩击势无前。

夺他功绩伤他命，又折青春一十年。

重湘道："这也说得有理。还有十年？"许复道："又

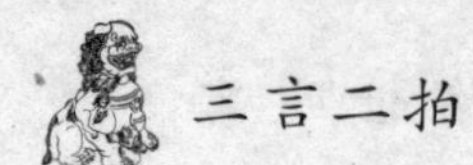

有折寿之处。汉兵追项王于固陵，其时楚兵多，汉兵少；又项王有拔山举鼎之力，寡不敌众，弱不敌强。韩信九里山排下绝机阵，十里埋伏，杀尽楚兵百万，战将千员；逼得项王匹马单枪，逃至乌江口，自刎而亡。"诗曰：

九里山前怨气缠，雄兵百万命难延。

阴谋多杀伤天理，共折青春四十年。

韩信听罢许复之言，无言可答。重湘问道："韩信，你还有辩么？"韩信道："当初是萧何荐某为将，后来又是萧何设计，哄某入长乐宫害命。成也萧何，败也萧何，某心上至今不平。"重湘道："也罢，一发唤萧何来，与你审个明白。"

少顷，萧何当面。重湘问道："你如何反覆无常，又荐他，又害他？"萧何答道："有个缘故：当初韩信怀才未遇，汉皇缺少大将，两得其便。谁知汉皇心变，忌韩信了得。后因陈豨造反，御驾亲征，临行时，嘱咐娘娘，用心防范。汉皇行后，娘娘有旨，宣某商议。说韩信谋反，欲行诛戮。某奏道：'韩信是第一个功臣，谋反未露，臣不敢奉命。'娘娘大怒道：'卿与韩信，敢是同谋么？卿若没诛韩信之计，待圣驾回时，一同治罪！'其时某惧怕娘娘威令，只得画下计策：假说陈豨已破

灭，赚韩信入宫称贺，喝教武士拿下斩讫。某并无害信之心。"重湘道："韩信之死，看来都是刘邦之过。"分付判官，将众人口词录出。"审得汉家天下，大半皆韩信之力；功高不赏，千古无此冤苦，转世报冤明矣。"立案，且退一边。

再唤大梁王彭越听审："你有何罪，吕氏杀你？"彭越道："某有功无罪。只为高祖征边去了，吕后素性淫乱，问太监道：'汉家臣子，谁人美貌？'太监奏道：'只有陈平美貌。'娘娘道：'陈平在那里？'太监道：'随驾出征。'吕氏道：'还有谁来？'太监道：'大梁王彭越，英雄美貌。'吕后听说，即发密旨：'宣大梁王入朝。'某到金銮殿前，不见娘娘。太监道：'娘娘有旨，宣入长信宫议机密事。'某进得宫时，宫门落锁。只见吕后降阶相迎，邀某入宫赐宴。三杯酒罢，吕后淫心顿起，要与某讲枕席之欢。某惧怕礼法，执意不从。吕后大怒，喝教铜锥乱下打死，煮肉作酱，枭首悬街，不许收葬。汉皇归来，只说某谋反，好不冤枉！"

吕后在旁听得，叫起屈来，哭告道："阎君，休听彭越一面之词。世间只有男戏女，那有女戏男？那时妾唤彭越入宫议事，彭越见妾宫中富贵，辄起调戏之心。臣戏君妻，理该处斩。"彭越道："吕后在楚军中，惯与审食其私通。我彭越一生刚直，那有淫邪之念！"重湘道："彭越所言是真，吕氏是假饰之词，不必多言。审得彭越，乃大功臣。正直不淫，忠节无比，来生仍作忠正之士，与韩信一同报仇。"存案。

再唤九江王英布听审。英布上前诉道："某与韩信、彭越三人，同功一体。汉家江山，都是我三人挣下的，并无半点叛心。一日，某在江边玩赏，忽传天使到来：吕娘娘懿旨，赐某肉酱一瓶。某谢恩已毕，正席尝之，觉其味美。偶吃出人指一个，心中疑惑，盘问来使，只推不知。某当时发怒，将来使拷打，说出真情，乃大梁王彭越之肉也。某闻言凄惨，便把手指插入喉中，向江中吐出肉来，变成小小螃蟹。至今江中有此一种，名为'蟛蜞'，乃怨气所化。某其时无处泄怒，即将使臣斩讫。吕后知道，差人将三般朝典：宝剑、药酒、红罗三尺，取某首级回朝。某屈死无申，伏望阎君明断。"重湘道："三贤果是死得可怜！寡人做主，把汉家天下三分与你三人，各掌一国，报你生前汗马功劳，不许再言。"画招而去。

第一起人犯，权时退下，唤第二起听审。第二起恩将仇报事，原告丁公，有；被告刘邦，有。丁公诉道："某在战场上围住汉皇，汉皇许我平分天下，因此开放。何期立帝之后，反加杀害。某心中不甘，求阎爷做主。"重湘道："刘邦怎么说？"汉皇道："丁公为项羽爱将，见仇不取，有背主之心。朕故诛之，为后人为臣不忠者之戒，非枉杀无辜也。"丁公辩道："你说我不忠，那纪信在荥阳替死，是忠臣了，你却无一爵之赠，可见你忘恩无义。那项伯是项羽亲族，鸿门宴上，通同樊哙，拔剑救你，是第一个不忠于项氏，如何不杀戮，反得赐姓封侯？还有个雍齿，也是项家爱将，你平日最怒者，后封为什方侯。偏与我做冤家，是何意故？"汉皇顿口无言。重湘道："此事我已有处分了，可唤项伯、雍齿与丁公做一起，听候发落，暂且退下。"

再带第三起上来。第三起专权夺位事，原告戚氏，有；被告吕氏，有。重湘道："戚氏，那吕氏是正宫，你不过是宠妃，天下应该归于吕氏之子，你如何告他专权夺位，此何背理？"戚氏诉道："昔日汉皇在睢水大战，被丁公、雍齿赶得无路可逃，单骑走到我戚家庄，吾父藏之。其时妾在房鼓瑟，汉皇闻而求见，悦妾之貌，要妾衾枕。妾意不从，汉皇道：'若如我意时，后来得了天下，将你所生之子立为太子。’扯下战袍一幅，与妾为记，奴家方才依允。后生一子，因名如意。汉皇原许万岁之后，传位如意为君。因满朝大臣，都惧怕吕后，其事不行。未几，汉皇驾崩，吕后自立己子，封如意为赵王。妾母子不敢争。谁知吕后心犹不足，哄妾母子入宫饮宴，将鸩酒赐与如意。如意九窍流血，登时身死。吕后假推酒醉，只做不知。妾心怀怨恨，又不敢啼哭，斜看了他一看。他说我一双凤眼，迷了汉皇，即叫宫娥，将金针刺瞎双眼。又将红铜熔水，灌入喉中；断妾四肢，抛于坑厕。妾母子何罪，枉受非刑？至今含冤未报，乞阎爷做主。”说罢，哀哀大哭。重湘道："你不须伤情，寡人还你个公道。教你母子来生为后为君，团圆到老。"画招而去。

再唤第四起乘危逼命事。人犯到齐，唱名已毕。重湘问项羽道："灭项兴刘，都是韩信，你如何不告他，反告六将？"项羽道："是我空有重瞳之目，不识英雄，以致韩信弃我而去，实难怪他。我兵败垓下，溃围逃命，遇了个田夫，问他：‘左右两条路，那一条是大路？’田夫回言：‘左边是大路。’某信其言，望左路而走，不期走了死路，被汉兵追及。那田夫乃汉将夏广，装成计

策。某那时仗生平本事，杀透重围，来到乌江渡口，遇了故人吕马童，指望他念故旧之情，放我一路。他同着四将，逼我自刎，分裂支体，各去请功。以此心中不服。"重湘点头道是："审得六将原无斗战之功，止乘项羽兵败力竭，逼之自刎，袭取封侯，侥幸甚矣！来生当发六将，仍使项羽斩首，以报其怨。"立案讫，且退一边。

唤判官将册过来，一一与他判断明白：恩将恩报，仇将仇报，分毫不错。重湘口里发落，判官在旁用笔填注：何州何县何乡，姓甚名谁，几时生，几时死，细细开载。将人犯逐一唤过，发出投胎出世："韩信，你尽忠报国，替汉家夺下大半江山，可惜衔冤而死。发你在樵乡曹嵩家托生，姓曹，名操，表字孟德。先为汉相，后为魏王，坐镇许都，享有汉家山河之半。那时威权盖世，任从你谋报前世之仇。当身不得称帝，明你无叛汉之心；子受汉禅，追尊你为武帝，偿十大功劳也。"又唤过汉祖刘邦发落："你来生仍投入汉家，立为献帝，一生被曹操欺侮，胆战魂惊，坐卧不安，度日如年。因前世君负其臣，来生臣欺其君以相报。"唤吕后发落："你在伏家投胎，后日仍做献帝之后，被曹操千磨百难，将红罗勒死宫中，以报长乐宫杀信之仇。”

韩信问道：“萧何发落何处？”重湘道：“萧何有恩于你，又有怨于你。”叫萧何发落：“你在杨家投胎，姓杨，名修，表字德祖。当初沛公入关之时，诸将争取金帛，偏你只取图籍；许你来生聪明盖世，悟性绝人，官为曹操主簿，大俸大禄，以报三荐之恩。不合参破曹操兵机，为操所杀：前生你哄韩信入长乐宫，来生偿其命也。”判官写得明白。

又唤九江王英布上来：“发你在江东孙坚家投胎，姓孙，名权，表字仲谋。先为吴王，后为吴帝，坐镇江东，享一国之富贵。”又唤彭越上来：“你是个正直之人，发你在涿郡楼桑村刘弘家为男，姓刘，名备，字玄德。千人称仁，万人称义。后为蜀帝，抚有蜀中之地，与曹操、孙权三分鼎足。曹氏灭汉，你续汉家之后，乃表汝忠心也。”

彭越道：“三分天下，是大乱之时，西蜀一隅之地，怎能敌得吴、魏？”重湘道：“我判几个人扶助你就是。”乃唤蒯通上来：“你足智多谋，发你在南阳托生，复姓诸葛，名亮，表字孔明，号为卧龙。为刘备军师，共立江山。”又唤许复上来：“你算韩信七十二岁之寿，只有

三十二岁；虽然阴骘折堕，也是命中该载的。如今发你在襄阳投胎，姓庞，名统，表字士元，号为凤雏，帮刘备取西川。注定三十二岁，死于落凤坡之下，与韩信同寿，以为算命不准之报。今后算命之人，胡言哄人，如此折寿，必然警醒了。"

彭越道："军师虽有，必须良将帮扶。"重湘道："有了。"唤过樊哙："发你范阳涿州张家投胎，名飞，字翼德。"又唤项羽上来："发你在蒲州解良关家投胎，只改姓不改名，姓关，名羽，字云长。你二人都有万夫不当之勇，与刘备桃园结义，共立基业。樊哙不合纵妻吕须帮助吕后为虐，妻罪坐夫。项羽不合杀害秦王子婴，火烧咸阳。二人都注定凶死。但樊哙生前忠勇，并无谄媚；项羽不杀太公，不污吕后，不于酒席上暗算人，有此三德，注定来生俱义勇刚直，死而为神。"再唤纪信过来："你前生尽忠刘家，未得享受一日富贵，发你来生在常山赵家出世，名云，表字子龙，为西蜀名将。当阳长坂百万军中救主，大显威名。寿年八十二，无病而终。"

又唤戚氏夫人："发你在甘家出世，配刘备为正宫。吕氏当初慕彭王美貌，求淫不遂，又妒忌汉皇爱你，今断你与彭越为夫妇，使他妒不得也。赵王如意，仍与你为子，改名刘禅，小字阿斗，嗣位为后主，安享四十二年之富贵，以偿前世之苦。"

又唤丁公上来："你去周家投胎，名瑜，字公瑾。发你孙权手下为将，被孔明气死，寿止三十五而卒。原你事项羽不了，来生事孙权亦不了也。"再唤项伯、雍齿过来："项伯背亲向疏，贪图富贵；雍齿受仇人之封爵，你两人皆项羽之罪人。发你来生一个改名颜良，一个改名文丑，皆为关羽所斩，以泄前世之恨。"项羽问道："六将如何发落？"重湘发六将于曹操部下，守把关隘。杨喜改名卞喜，王翳改名王植，夏广改名孔秀，吕胜改名韩福，杨武改名秦琪，吕马童改名蔡阳。关羽过五关，斩六将，以泄前生乌江逼命之恨。重湘判断明白已毕，众人无不心服。

重湘又问："楚、汉争天下之时，有兵将屈死不甘者，怀才未尽者，有恩欲报、有怨欲伸者，一齐许他自诉，都发在三国时投胎出世。其刻薄害人、阴谋惨毒、负恩不报者，变作战马，与将帅骑坐。"如此之类，不可细述。判官一一细注明白，不觉五更鸡叫。

重湘退殿，卸了冠服，依旧是个秀才。将所断簿籍，送与阎罗王看了，阎罗王叹服，替他转呈上界，取旨定夺。玉帝见了，赞道："三百余年久滞之狱，亏他六个时辰断明，方见天地无私，果报不爽，真乃天下之奇才也。众人报冤之事，一一依拟。司马貌有经天纬地之才，今生屈抑不遇，来生宜赐王侯之位。改名不改姓，仍托生司马之家，名懿，表字仲达。一生出将入相，传位子孙，并吞三国，国号曰晋。曹操虽系韩信报冤，所断欺君弑后等事，不可为训。只怕后人不悟前因，学了歹样，就教司马懿欺凌曹氏子孙，一如曹操欺凌献帝故事，显其花报，以警后人，劝他为善不为恶。"玉帝颁下御旨。阎王开读罢，备下筵席，与重湘送行。重湘启告阎王："荆妻汪氏，自幼跟随穷儒，受了一世辛苦。有烦转乞天恩，来生仍判为夫妻，同享荣华。"阎王依允。

那重湘在阴司，与阎王作别。这边床上，忽然番身，睁开双眼，见其妻汪氏，兀自坐在头边啼哭。司马貌连叫："怪事！"便将大闹阴司之事，细说一遍。"我今已奉帝旨，不敢久延，喜得来生复得与你完聚。"说罢，瞑目而逝。汪氏已知去向，心上到也不苦了，急忙收拾后事。殡殓方毕，汪氏亦死。到三国时，司马懿夫妻，即重湘夫妇转生。至今这段奇闻，传留世间。后人

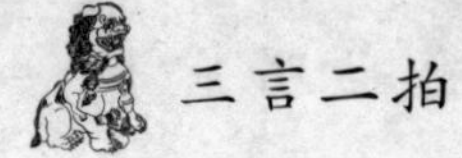

有诗为证：

半日阎罗判断明，冤冤相报气皆平。

劝人莫作亏心事，祸福昭然人自迎。